Sol Aguirre

"Las primeras veces" y otros artículos

Círculo Rojo
EDITORIAL

Primera edición: diciembre 2019

Depósito legal: AL 2733-2019

ISBN: 978-84-1338-654-6

Impresión y encuadernación: Editorial Círculo Rojo

Editorial Círculo Rojo

www.editorialcirculorojo.com

info@editorialcirculorojo.com

Impreso en España - Printed in Spain

El papel utilizado para imprimir este libro es 100% libre de cloro y, por tanto, **ecológico**.

ÍNDICE

PRÓLOGO 17

LOS DE POR DENTRO 19

Las primeras veces 19

¿Quién eres? 22

Todo es mentira 24

El amor, Barcelona, las chimeneas 25

¿Qué es el cáncer? 27

Sant Jordi: un olor y un sabor 30

No quiero ser mayor 32

Bailemos 34

Lo importante de la vida es comer sobrasada 37

El miedo al cambio: una mierda gigantesca 39

Gracias, Campofrío 42

Valientes 45

El sentido del amor 47

La vuelta al cole 49

Qué quiero ser de mayor si ya soy mayor 52

Este es un buen momento 55

Hablémonos 58

Cosas que he aprendido 60

No es cuestión de suerte, sino de ovarios 62
Seamos divertidos 65
Queremos más Punsets 68
Veinte deseos 70
La maternidad: paraíso o infierno 72
Ruavieja: no somos eternos 75
La rapsodia de Freddie 78
No me toques los telómeros 81
Elijo susto 84
Glenn Close: existamos 87
Recortando alas 90
Mil deseos 93
Nos basta 95
Sobre pellizcos en el alma, inspiración y Milena Busquets 96
Lugares sagrados 99

SOMOS FABULOSAS: EL MANTRA 103

Cómo autoquererse: guía práctica 103
¿La Fabulosa nace o se hace? 106
En qué piensan las mujeres 109
Solteras, monoparentales, parejas sin hijos y otros bichos extraterrestres 114
Feliz cumpleaños, querida yo 117
Carta a mi Yo del futuro 119
Lo que nos jode a las mujeres 123
Ayer salí a cenar y hoy no puedo con mi vida 126
Diez señales inequívocas de que te has convertido en una señora 130
El arte de rascarse el toto 134

Supermujeres, supermadres y otras criaturas extraterrestres........................138
Doce cosas que, a mis cuarenta y cinco, tengo clarísimas..........................141
Otras siete cosas que, a mis cuarenta y cinco, tengo clarísimas 144
Cosas que, a mis cuarenta y cinco, tengo clarísimas (parte 3)....................147
Los diez superpoderes de una supermadre cualquiera 149
Sobre problemas fabulosos 152
Los lunes de Sol 153
Siete especímenes que encontrarás en tu gimnasio....................................155
Vender bragas sucias: otra manera de llegar a fin de mes...........................158
Cómo acabar con el síndrome de la impostora...161
El sutil arte de mandar a la mierda..164
Descárgate, mujer...167
Oda al creador de los campamentos de verano...170
Nueve cosas que solo entendemos las madres..173
La paz maternal y otros fenómenos paranormales......................................176
The happy end: historia de un masaje..181
Se me ha muerto el chirri..187
Seis ventajas del celibato (o sea, de no comerte un *torrao*)..........................189
1986: el año del último morreo 192

SOBRE RELACIONES Y TAL 197
Deja de marearme, chaval..197
El Mareador: tipologías y características...200
El Mareador sin piedad regresa por Navidad...203
El autoamor como antídoto contra las relaciones tóxicas............................206
Cómo despedirse del Mareador de una vez por todas: caso práctico................209
No follas porque no quieres y otras frases de mierda.................................212

Enrollarse con un tío casado y otras muertes lentas....215
El encoñamiento postcoito....218
Tienes que divorciarte, y lo sabes....220
Cuarentonas y veinteañeros: una tendencia que mola (mucho)....223
Me he divorciado, y ahora ¿qué?....226
Tíos que desaparecen sin decir ni mu....229
De wasaps y otras especies....231
Él no quiere novia, tú quieres novio: crónica de un desastre anunciado....236
Diez errores que comete un infiel descuidado (y *atontao*)....239
Tínder: velocidad y rebajas....241
La vagina: tipología y características....244
¿Novio por catálogo? No, gracias....247
Seamos putas....250

LOS INÉDITOS....253
El imposible equilibrio....253
Deseos equivocados....256
Aprendámonos....258

Epílogo....261

A ti, lectora, por enseñarme a volar.

PRÓLOGO

No recuerdo con exactitud en qué momento llegó la lluvia a mi vida (para un gallego es poco menos que una hazaña, unos días se confunden con otros), pero sí guardo con cariño en la memoria la ocasión en que lo hizo el Sol. Fue en un curso de guion, ambos principiantes en la materia. Yo fantaseaba con escribir como modelo de vida; ella escribía sus entradas en un blog que, para su alegría y asombro, leían un ciento de personas. Cuando la conocí de verdad (y fue pronto, y fue para siempre), repasé ese blog y comprendí lo de la alegría, pero no lo del asombro. ¿Cómo no iba a querer leer alguien lo que otra persona escribía de manera tan cercana, tan certera, tan acertadamente visceral?

Ese blog, Las claves de Sol, sufrió la única metamorfosis posible: sin ser nunca un patito feo, se convirtió en un cisne. Los lectores nos multiplicamos, pero también nos transformamos: pasamos a formar una tribu, una gran familia guiada por una luz de humor, de sinceridad, de abrigo e incluso de comprensión que alumbra los caminos a veces un poco oscuros que nos toca transitar. Por una compañera que cuenta las cosas tal cual las ve, tal cual las siente (tal cual las vemos y sentimos, muchas veces, y quizá eso la hace aún más valiosa). No hay tapujos, no hay disimulos. Hay carne y sinceridad, convertidas ambas en palabras.

Me hace ilusión escribir estas líneas por muchos motivos, pero quiero destacar dos. El primero, porque significa que soy importante en la vida de alguien muy importante para mí. El segundo, porque tenemos al fin lo que muchos habíamos pedido: sus artículos más agudos, más desternillantes, más emocionales, reunidos en un libro. Hechos historia. Espero (y me encargaré de ejercer la presión necesaria para que así sea) que estén muchos más textos por llegar. Porque no queremos que esta voz, esta manera de narrar la vida, se acalle nunca.

Paulo G. Conde

LOS DE POR DENTRO

Las primeras veces

Anoche conocí a un chico guapo y joven de narices. Le dedicaré otro post titulado «Cómo asaltar cunas en tres pasos», y puede que lo convierta en un curso monográfico que seguro tiene gran aceptación entre mis comadres. Pero eso será otro día.

La conversación con el apuesto mozo, el final de curso de los niños, la llegada del verano y que soy muy del reflexionar, me han empujado hoy hasta este, mi amado teclado, que llevaba un mes abandonado.

Una piensa que tampoco ha cambiado tanto desde los veinticinco. Pensamiento estúpido que corroboran tus compis de colegio cuando afirman que «estás igual», probablemente proyectando en ti lo que desean para ellos mismos. Y una mierda.

Si no te fijas, quizás pueda parecerte que esos pimpollos veinteañeros y tú no sois tan diferentes, pero míralos: huelen a libro nuevo, a juguete de Navidad, a vacaciones de verano. Ellos están llegando y tú llevas tiempo aquí. Podrías escribir el guion de sus próximos veinte años sin equivocarte demasiado. Pero no lo haces porque ahí está la gracia, en caminar a tientas y dibujar tu propio mapa.

Volviendo al tema, ni para mejor ni para peor, pero no estoy igual que a mis veinticinco, ni que a mis treinta y cinco. El cambio *por fuera* es fácil de ver. Ahí están las fotos: aquellas carnes prietas, la ausencia de ojeras y de estas malditas patas de gallo que no hay manera de difuminar digan lo que digan los fucking anuncios de Lancôme.

El *Pordentro* ya es otra cosa. Ay, el *Pordentro* ese que no se ve, PERO QUE SE NOTA.

Hay *Pordentros* muy jodidos, que viven de recuerdos y creen que aquellos momentos rollo Verano Azul de los 80 fueron lo mejor que les ha pasado y les pasará. Tendrán que vivir de rentas *veranoazulescas pa* los restos. Las ilusiones no existen en esos *Pordentros*, la vida para ellos es una sucesión de rutinas preacordadas entre sus karmas y sus carnes. Para esos *Pordentros* la felicidad es la ausencia de conflicto, sin más.

Y luego están los otros *Pordentros*, esos que con los años ganan en perspectiva y que, aunque no escarmientan en cabeza ajena (frase favorita de mi amada madre), han tenido tiempo de hostiarse mil veces con su cabeza propia. A esos *Pordentros* les mueve la ilusión: por ver a un amigo, por hacer un viaje, por ir a un concierto, por cortarse el pelo, por escribir…

Los *Pordentros* ilusionados y escarmentados saben que «también esto pasará», que de mal de amores no se muere, que hay noches en las que es mejor retirarse a tiempo, que hay que perdonar lo perdonable y empezar de cero mientras puedas.

No voy a hacer demagogias sobre lo maravilloso de la madurez, qué coño. Me molaba mogollón mi *Pordentro* (y ni os cuento mi *por fuera*) infantil, adolescente, juvenil. Pero sé que no volveré al primer beso de aquel verano del 86, ni recorreré el mundo en mi Vespino. Ya no me dejaré anochecer en la playa mientras mis amigos juegan al vóley con las melenas al viento (actualmente calvicies incipientes). Ya no me matricularé en la Facultad de Derecho ni estrenaré mi carpeta de la Universitat de Barcelona (los de allí sabéis de lo que hablo), tan azul y tan nueva cada septiembre. Ya no descubriré Nueva York, ni iré a mi primer concierto.

A este *Pordentro* le toca buscar otras primeras veces. Ahora se tiene que currar la chispa de la vida porque la que venía de serie se agotó hace tiempo.

Sí, mi *Pordentro* está ilusionado, pero reconozco que mis momentos de felicidad máxima llegan cuando me subo a la máquina del tiempo y paso un *finde* sin hijos, con las amigas, enajenándome en el karaoke y volviendo a casa, zapato en mano, a la hora a la que normalmente me levanto.

Ayer le pregunté a aquel chaval qué quería ser de mayor. «Feliz», me dijo. Él (que olía a libro nuevo, a juguete de Navidad, a vacaciones de verano). Feliz. Quise decirle muchas cosas, como que más le vale serlo ya, desde anoche y para siempre.

Me encantaría decirle, a él y todos los de su especie juvenil, que la vida está hecha de etapas, que todas tienen su encanto, que con los años uno gana en experiencia, sabiduría, sosiego, y que no echo de menos aquellos años de tersura cutánea y cerebral.

Pero mentiría.

Mañana llega el verano y ahí seguiré, buscando más primeras veces, cada vez más difíciles y cada vez más escasas.

¿Quién eres?

¿De dónde sale la inspiración? ¿A qué agarrarse cuando el temido bloqueo se te echa encima? Preguntas sin respuesta, al menos para mí. Quizás disciplina, cabezonería y algo de valentía ante el terror de una página en blanco, de trescientas páginas en blanco, sirvan para algo.

La distancia, el silencio y la soledad también ayudan a observar desde lejos y, al mismo tiempo, a sumergirse hasta las propias raíces, esas donde se esconde lo que una quiere contar, que a veces no es lo mismo que lo que quiere escribir. El vértigo, el miedo y la adrenalina ante un nuevo relato del que tú eres la única responsable son algo difícil de entender incluso para la que lo crea.

Desde la ciudad llena de rascacielos en la que escribo estas líneas echo de menos el abrigo de la rutina, de mis recorridos diarios e, incluso, de mi comida. Y de mi gente, sobre todo de mi gente. Extraño enormemente la noche del verano madrileño. Pero también sé que todo eso me sobra para ser lo que ahora necesito ser: madre de un cuento que aún no existe.

Lo mismo sería aplicable para tantas otras situaciones en las que el único camino válido hasta la meta es uno hecho de incertidumbre, entusiasmo, dolor, pereza, tristeza, felicidad, locura, nervios y hambre de trascendencia. Queremos formar parte de algo más grande que nosotros, y eso es a ratos una gran mierda y a veces un placer celestial. No deja de ser un parto.

Los hay que se aíslan en medio de un lugar solitario. Otros preferimos bucear en los estímulos de lugares tremendamente concurridos y extraños, donde las historias hierven en cada esquina, donde podemos cocinarlas junto con esas otras historias que andan por aquí dentro, esperando a que llegue la chispa adecuada. Será que tenemos poca vida interior, quién sabe.

Respirar, comer, dormir, escribir y poco más. Algunos ropajes en el armario. Queso, uvas y chocolate en la nevera. Mucho papel, muchos bolígrafos de colores, pósits por todas partes. Cantidades ingentes de té negro y una vela que les dará olor a las andanzas de esos personajes que tomarán vida propia, que te desafiarán porque quieren que te enfrentes a lo desconocido, que son ellos y que eres tú.

Te desesperarás porque las tramas no encajan, porque no eres capaz de diseccionar las emociones como deberías, porque en qué momento se te ocurrió que escribir era una buena idea. Pero es que no podías no escribir.

Llegará un momento en el que no distingas quién le está dando forma a quién, dónde ubicar la línea entre realidad y ficción. Porque tú no tienes ni puñetera idea de quién eres ahora, so ignorante. Tendrás alguna pista mientras reescribes por quinta vez.

Andarás cerca de la verdad cuando veas tus entresijos expuestos en la estantería de los apellidos que empiezan por A. El primer lector te escribirá para contarte que tus letras ya no son tuyas, sino suyas, que leerte era lo que necesitaba en ese momento y que tu cuento ha sido su chispa adecuada. Y olvidarás el miedo, el sufrimiento y la soledad. Sabrás quién eres.

Todo es mentira

Es mentira que en algún momento llegamos a un sitio y ya está todo hecho. Es mentira que los hijos dan la felicidad si no la tenías de antes; es más, a veces, la devoran sin remedio.

Son mentira las familias perfectas de Instagram.

Es mentira que el mejor de la clase es el que saca las mejores notas. Es mentira que los mejores de la clase tendrán el mejor trabajo. Es mentira que el mejor trabajo es el mejor pagado.

Es mentira que puedes controlar los sentimientos de los otros, así que más te vale dejar de currarte el amor del prójimo o acabarás hecho mierda. Mejor lánzate sobre el amor propio. Es mentira que eres lo que haces y vales más cuanto más haces.

Es mentira que no se puede vivir del arte y es mentira que hay vida sin arte.

Debemos sentir que pertenecemos a un lugar, echar de menos lo conocido, no podemos reinventarnos del todo, hay que tener un lugar al que volver: mentira. Es mentira que hay que conformarse con lo que tienes aunque no te satisfaga, porque todo el mundo lo hace. Es mentira que todo el mundo se conforma, pero como los quejicas hacen más ruido, los vemos más. Qué coñazo. Los felices van a lo suyo, no te golpean el hombro con su frustración.

Son mentira los todos, los nadie, los siempre y los nunca.

Es mentira el amor romántico eterno. Son mentira la estabilidad y lo seguro, porque la vida se guarda manotazos inesperados ante los que solo puedes flotar. Es mentira que los que deciden no le tienen miedo a nada, se lanzan a pesar de él.

El amor, Barcelona, las chimeneas

Ayer fui a Barcelona a comer con un amigo de esos a los que quieres desde un lugar donde hay poca gente. Hablamos de lo guapo que era Paul Newman, de sus párpados, de que me flipan los antebrazos de los tíos, tan fuertes y con venas; de que le encantan las nucas de las tías, las coletas que dejan al descubierto ese trozo de cuello suave y pecaminoso, los gestos indeterminados; de cómo podemos joderles (o no) la vida a nuestros hijos; de lo maravillosas que son las casas con chimenea. Le recordé que uno de mis deseos año tras año es tener una, y que es una pena que no haga más frío en su pueblo, porque en su casa hay chimenea, pero la enciende poco. Subir la leña a un tercer piso no acaba de ser apetecible. Le dije, varias veces, lo bonitas que son sus manos. Le confesé que me enamoré de un puertorriqueño guapérrimo que me dejó hecha mierda y que también tenía unas manos preciosas, y unos ojos preciosos, y una boca preciosa, aunque por dentro no era tan precioso. Decidimos, mirando fotos antiguas, que veinte años pasan volando, que estamos estupendos: él porque hace deporte, yo porque me lleno la cara de cremas y pinchazos. Supimos que la humanidad volverá al campo, porque lo de los móviles puede llegar a ser una mierda muy grande. Me contó que las vacas, por raro que parezca, contaminan mucho, que hay un tío que saca filetes de células madre y eso no pinta nada bien. Y él lo contaba haciendo círculos en la mesa con sus dedos. Porque él lo convierte todo en líneas con esas manos preciosas. En ese mundo futuro nosotros seríamos vegetarianos perdidos porque no podríamos matar ni una mosca, ni un *ratolí*. Nos quejamos del poco *caliu* que tiene Andorra, que no se dignan a abrir una cafetería de madera, con sillones blanditos y, de nuevo, chimenea. Las chimeneas son vida, está claro. Siempre nos quedará el hotel Hermitage, con su música sublime.

Él afirmó que es el amor lo que mueve el mundo. Le di la razón, asintiendo, pensando en lo muchísimo que le quiero. No se lo dije. Se lo escribí luego. Quizás los móviles no son tan mierda. O quizás yo debería hablar más y escribir menos. Ventilamos las mierdas íntimas, que son muchas y muy malolientes. Y a él se le saltaron unas lágrimas por mis mierdas malolientes. Cómo agradecí esas lágrimas. No se lo dije. Ni se lo escribí. Lamentamos lo cortos que son esos encuentros nuestros que le dan sentido a la vida, que son la vida misma. La felicidad estaba allí, sentada con nosotros en ese restaurante vegetariano de la Barceloneta, aplaudiendo como las locas.

¿Qué es el cáncer?

Me impresiona la palabra cáncer. Me da mucho miedo. De un tiempo a esta parte, el verla escrita me arranca el aire de los pulmones. Poco a poco lo recupero y todo vuelve a su sitio. O no: hay viajes tras los que uno nunca vuelve al lugar de donde salió. Hay manotazos de la vida ante los que solo cabe flotar y buscar la orilla. Imprevistos que dejan cualquier preocupación cotidiana a la altura del betún, que te obligan a relativizar y que, en el mejor de los casos, te abren los ojos ante las maravillas que son la amistad, la belleza y la vida.

Hoy me encuentro con las dos caras de la moneda. En una mano llevo a alguien que se enfrenta a la enfermedad con una valentía y una fuerza que me resultan tan incomprensibles como ejemplares. Con la otra me aferro a un científico que, incansable, dedica su vida a buscar la cura. Eduardo López-Collazo, director del IdiPaz, físico nuclear e inmunólogo, pasa las horas, los meses y los años en el laboratorio, con su equipo, intentando entender ese conjunto de enfermedades que denominamos cáncer. Eduardo, al poco de publicar su libro *¿Qué es el cáncer?*, me lo entregó junto con una petición: «Yo fui sincero con tu libro. Dime realmente lo que piensas». A mi pregunta de por qué creía que debía leerlo, me contestó que la única forma de vencer a un enemigo era conociéndolo.

Sabía que lo leería del tirón, así que esperé a los aviones que me ocuparon esta semana. Seré sincera, Eduardo: me quedé sin aire varias veces. No soy buena enfrentándome a mi vulnerabilidad y a mi pánico. Pensé en dejarlo, pero no lo hice. Menos mal. En esa especie de novela corta en la que trenzas ciencia y vida, en la que aparecen amigos tuyos que enfermaron y que me consta que son reales, he aprendido mucho. Ahora sé que la historia de la ciencia es una de fracasos con escasos chispazos de triunfo que hacen que todo el esfuerzo valga la pena y que supongan un punto de inflexión para la humanidad. He aprendido que la inmunoterapia es el gran salto para que esas defensas que no funcionaron en su momento y nos dejaron enfermar, vuelvan a desempeñar su trabajo.

Sé de dónde viene tu pragmatismo desbordante: sin ese patrón mental sería imposible enfrentarte al reto de acabar con el monstruo. Y comprendo que, aun así, sufres igual que el resto de los mortales cuando es alguien cercano el que está enfermo. Ahora entiendo la pasión que demuestras por tu profesión, tu para qué es de esos que hacen la diferencia. Hoy mismo me has contado que un equipo español ha curado un tipo de cáncer de páncreas en ratones, que es un trabajo titánico, que queda mucho para una aplicación en humanos, pero que es un paso gigantesco.

Le pregunté a Eduardo, tras acabar su libro, si curará el cáncer: «Ese es mi sueño desde pequeño, y yo cumplo mis sueños, amiga. Que nací en Jovellanos, un pueblo perdido de Cuba, y mira por dónde ando». Me convenció, porque así es él y porque necesito creerle. Devanándome los sesos para encontrar mi utilidad en esta ecuación, volví a interrogarle. «¿Y qué necesitas para hacerlo?», como si fuera a encontrar lo que me pidiera en un supermercado. «Dinero, amiga, dinero». Y recordé cuando esa falta de recursos para la ciencia se me antojaba como algo lejano y, por ignorancia, ni me planteaba su prioridad.

Cuando conocí a Eduardo y entendí la importancia de esos proyectos, empecé a enfadarme. Porque hablamos de algo tan tangible, contable y abundante como el dinero. No magia, no suerte, no piedras filosofales: dinero. Para cuando ha aparecido el manotazo, mi indignación ya era máxima: esto depende solamente del dinero. En breve elegiremos a los que parten y reparten ese único bien indispensable que sirve para cambiar vidas. Solo una cosita, señores repartidores de dinero: hagan bien su trabajo.

Sant Jordi: un olor y un sabor

Como lectores, somos conscientes de la huella que un libro puede dejar en nuestros cimientos: el antes y el después, el olor y el sabor.

Algunos sueñan con situarse al otro lado, pariendo historias. Pero los escritores son seres extraordinarios, dotados de unos superpoderes vetados al resto de los mortales, con una sensibilidad fuera de lo común y algo muy importante que contar. No como nosotros. A quién le voy a interesar. No tengo lo que hay que tener.

Y, sin saber muy bien cómo, un 23 de abril te encuentras firmando ejemplares de tu novela en la ciudad que te vio nacer, en esas Ramblas que paseabas de pequeña, rosa por un lado, *pa de Sant Jordi* por otro. Y tú eres la que está al otro lado de esa mesa, bolígrafo en mano, incrédula, con tu nombre en un membrete y una hilera de gente delante, esperando entre los empujones de la multitud a que estampes un rayajo en su libro, ese que tú escribiste mientras seguías con tu vida de persona ordinaria que cocina, lleva a sus hijos al colegio, pone lavadoras y viaja en metro.

En algún momento se te ocurrió que quizás podías contar algo que nadie había contado. Y lo hiciste. Y te leyeron. Y seguiste escribiendo, lo convertiste en tu manera de respirar. Ahora escribes porque no puedes no escribir. Lo harías aunque nadie te leyera y lo haces a pesar de que te leen. Encontraste el sillón desde donde ver el mundo y también aquel en el que te sentarías para describirlo. Y te creció un traje de superescritora debajo de la ropa y empezaste a ver realidades que los demás no veían y a oír sonidos que los demás no oían. Ahora eres una antena gigante que capta señales del exterior y también del interior con una intensidad y una claridad tremendas.

El mundo se ensanchó más allá de lo imaginable porque te convertiste en múltiples personajes. Aprendiste que se puede contar más allá de lo escrito porque, en ese camino de la literatura que Rosa Montero describe como amargo, decepcionante y, a menudo, humillante, se encuentran los hilos que manejan tus entresijos y también los que te conectan con tu lector. La complicidad con el desconocido que, tan desnudo y vulnerable como tú, se rinde ante las palabras que antes te poseyeron a ti. Él subraya pasajes que ya no son solo tuyos, que son de todos, y esa exposición en rotulador fosforescente no resta intimidad, sino que la potencia. Te ha entendido mejor de lo que creías posible. Podría haberlo escrito él, pero no lo ha hecho. Para eso estás tú, para volcar tu vida en la vida de otros y generar un antes y un después, un olor y un sabor. Para que se mire en tu espejo y sienta que son sus alegrías, sus tristezas, sus amores, sus desgracias las que tú estás dibujando. Para que os fundáis en dos caras de la misma moneda.

Podrías detallar cuál era tu rutina antes de dedicarte a escribir, a qué hora te levantabas, a qué destinabas las horas de tu agenda, pero te es imposible recordar quién eras. No sabes para qué te levantabas cada mañana, de qué estaban hechos tus sueños o si los tenías. Has olvidado desde dónde observabas esta vida que ahora solo concibes como una concatenación de historias que se entremezclan con la tuya. Tú no sabías que se podía ser tan feliz. No tenías ni idea de lo surrealista y sanador que es crear algo que antes no existía, cuán superlativo es colarte en los corazones ajenos desde el propio, que la vida es mucho más vida cuando decides escribirla.

No quiero ser mayor

Hoy he leído una entrevista que le hacían a Milena Busquets en la que decía que envejecer es una putada, que lo aceptamos porque la alternativa es palmarla y que se cambiaría sin pensarlo por su yo de los veinte años. Pues a mí me pasa exactamente lo mismo, lo admito.

Sé que queda muy maduro y coherente decir que te sientes muy bien con la edad, pero es que a mí me importan un huevo la experiencia, la sabiduría y la serenidad.

La felicidad para mí es sinónimo de libertad, la cual conlleva implícita una falta de responsabilidad, de planificación. Para ser libre uno tiene que ser, en cierta medida, inconsciente de las consecuencias de sus actos. Con la edad, ya sabemos lo que va a pasar y, lo que es peor, nos importa. A los veinte vas en moto con un chaval que acabas de conocer y puede que sepas que te puedes pegar un hostión y matarte, pero lo importante no es eso, sino lo bueno que está el tío, la sensación de velocidad, de no querer estar en ningún otro sitio en ese momento.

Con los años, pasamos de estar donde queremos estar a estar donde tenemos que estar. Y eso es catastrófico.

Se acabaron los impulsos, las improvisaciones, el aquí y ahora, el «pues venga, vale».

No sales esta noche porque mañana tienes que madrugar, madrugas porque hay muchas cosas que hacer, vas el domingo al cine porque el lunes no podrás, y así suma y sigue. A los veinte, sales porque tienes ganas, no madrugas porque ya lo harás y vas hoy al cine porque te da la gana, punto.

Sí, yo me cambiaría sin pensarlo por mi yo de los veinte, para perder el tiempo paseando en moto, para jugar al *backgammon* durante horas y rajar en el bar de la facultad saltándome las clases porque quería reírme en ese momento, no después ni mañana. Mi yo de los veinte tomaba las decisiones porque no había razones para no tomarlas. ¿Por qué no ir al siguiente bar, no besarme con cualquiera, no bailar hasta el amanecer?

Ahora, ante el tornado de obligaciones, una tiene que elegir, buscar tiempo para llevar a cabo cualquier actividad lúdica que antes constituía tu vida entera. Los listados de propósitos a los cuarenta no son más que la copia de cualquier agenda veinteañera: me pegaré una ducha de media hora, comeré cada día algo que me guste, quedaré con mis amigos.

Qué triste, coño.

Mi terapeuta, cuando le conté que quería ser madre, me contestó que era una decisión fabulosa y que uno no puede vivir siempre como una adolescente. Yo, en ese momento, lo acepté como verdad absoluta, pero ahora, que ya no soy adolescente sino madre, dudo que haya algo de malo en vivir ausente de obligaciones, de responsabilidades, de horarios. Yo diría que no, pero, en cualquier caso, no hay marcha atrás. Quizás algún día, cuando mis hijos sean mayores, yo esté de vuelta de todo y haya alcanzado (o descartado) todos estos ~~estúpidos~~ objetivos vitales que me planteo sin parar, volveré a pasear en moto con desconocidos y a bailar hasta el amanecer simplemente porque no haya razón para no hacerlo. Ojalá.

Bailemos

Siempre nos quedará un baile veraniego con música de los setenta que nos despertará del letargo, nos lanzará sobre la pista y nos convertirá en peonzas que giran felices y despreocupadas. Earth, wind and fire y su *September* nos devuelven a aquellos años en los que no existía el reloj; *Black is black* actúa como anestésico. Aquí no hay dolor de pies que valga. Al ritmo de *Valerie* nos olvidamos del cansancio.

Bailar, a muchas, nos traslada a otro tiempo, a otro lugar y a otras nosotras.

Aquellas nosotras de entonces no sabían que esos bailoteos, la energía y las ganas eran finitas. Aunque pisoteáramos todas las discotecas habidas y por haber, no éramos conscientes del lujazo que era aquella diversión apabullante. Ahora sí lo sabemos, porque un lujo es un bien escaso y escasos son los bailes asalvajados en ciertos momentos de la vida.

Desde que llegué a mi isla, hace una semana, no he parado de bailar. Los nenes ya están creciditos, he coincidido con muchos amigos y hace tiempo que decidí que volvería a ser joven. Porque a mí ser joven me gustó mucho, lo aproveché mucho, y lo de hacerme mayor ni entra en mis planes ni entrará. Mientras mis taconazos puedan seguir el ritmo de *Young hearts run free*, la menda será una chavalita con algún inciso de madurez obligada, pero los mínimos necesarios.

Y quien dice bailar como las locas, dice cantar en el coche con las amiguis. A Bruno Mars, a Mocedades, a la Pantoja. Qué más da. El caso es descargar estos cocos nuestros de obligaciones, rutinas, responsabilidades, dolores varios y tristezas propias de la vida adulta. Fluyamos todo el rato.

Adoptemos como eslogan esa frase que mi amigo Rubén me espetó hace unos días mientras caminábamos de madrugada, que es el mejor momento para las mejores afirmaciones: «¿Qué es lo peor que puede pasar?». La verdad: nada.

Apliquémoslo a diario, tatuémosla en nuestra amígdala, la del cerebro, no la de la garganta. Al lado, escribamos otra que escuché cenando en los campos ibicencos de boca de alguien que siempre te convence con su entusiasmo: «La vida es maravillosa». Y es que lo es, aunque a veces se nos atragante.

Qué glorioso el diálogo interno, hablarnos como si nos importáramos y nos cayéramos bien. La última frase que se me ha quedado grabada esta semana fue, precisamente, en medio de esos bailes *flower power* que tan feliz me hicieron. Mi amigo Marco fue al baño y, al volver, me contó: «Me he tirado un pedo en el baño que podía haber aniquilado a un rebaño de ñus». Todo ello aderezado con sus gafas de colorines, una cinta en el pelo de estilo incierto y unos bailes fuera de lugar. Risas incontrolables, claro. Y con esto lo tendríamos todo.

Porque el humor, la desvergüenza, la confianza y la naturalidad faltan mucho por aquí y son sumamente necesarias.

Sí, la vida es maravillosa y nada horrible pasa cuando bailas y te rodeas de otros que bailan, que comparten contigo diversión, alma y cariño. Lo de los gases es un pequeño aderezo, la guinda del pastel.

Bailemos porque nos gusta, porque nos lo merecemos, porque mover nuestros cuerpecillos al ritmo de la música, por fuerza tiene que ser algo bueno, que lo hacían ya en la prehistoria y aquellos eran muy listos. Y lo puedes hacer sola, a dúo o con una tribu entera. En tu casa, en la disco, o mientras esperas a que el semáforo de peatones se ponga verde. Qué más da lo que piensen los demás, que hagan lo mismo y serán más felices, más jóvenes. Todos bailamos la vida. O deberíamos.

Lo importante de la vida es comer sobrasada

Será la madurez, será la primavera, pero no dejo de pensar en la moto gigante que nos venden en nuestra juventud, haciéndonos creer que la felicidad es una profesión, una casa, una persona. La felicidad, amiguis, son momentos.

Lo importante de la vida es bailar, comer sobrasada, escuchar Kiss FM, dormir en sábanas limpias, el chicle de sandía, los huevos fritos con la puntilla crujiente, las cerezas, la voz de Lianne La Havas, la luz que hay en verano justo después de que se ponga el sol.

Saber que tus amigos están muy cerca, aunque sea a miles de kilómetros. La voz de Andra Day. Tener muy claro que también esto pasará. La seguridad de que volveré a ser joven algún día. Tocarte las puntas del pelo cuando te lo acaban de cortar.

El olor a café, aunque no me guste el café. Encontrar un Kit Kat olvidado en el cajón. Ese momento antes de dormirte en el que sabes que te estás durmiendo y te da gustito. Que alguien que no has visto en meses te envíe un mensaje escribiendo justo lo que necesitas leer.

La alerta de Google anunciando que tu cantante favorito viene de gira a España, el instante en el que compras las entradas y gritas de la emoción. El segundo en el que empieza a sonar la música sobre el escenario y el corazón te late muy fuerte.

Las fresas con nata. El día que te levantas con el guapo subido. El día en que no puedes con tu vida y te dicen lo guapa que estás, y encima es verdad. Un abrazo de los de cortar la respiración. Un morreo de los de verdad. El perfume de aquel chaval que te gustaba mucho (y te vuelve a gustar por unos instantes, mientras respiras su olor). Las pelis que te recuerdan eso que lleva tanto tiempo dormido. Esa canción.

Escuchar a alguien hablar en italiano, tener la seguridad de que vive en un sitio precioso porque todo en su país lo es, incluyendo la pasta carbonara. Recordar aquel viaje de final de BUP a Roma, Florencia y Venecia. Llamar a tu compi del cole para rememorarlo juntas. Descubrir que todavía existe un helado que comías de pequeña. Comprártelo. Volver a tus ocho años.

Las nubes que parecen de algodón. El olor a champú en el pelo limpio. Abrir la ventana en un amanecer fresquito de verano y disfrutar del frío sabiendo que, en pocas horas, estarás achicharrada perdida. El botón de bloqueo en el móvil. Mirar la luna llena, cuando es enorme y le ves los ojos y la boca.

Viajar a un sitio nuevo y sentir, de inmediato, que te pertenece. Aunque luego cambies de opinión. El acento mejicano. La canción que te recuerda a aquel rollete veraniego. Las casualidades bonitas que nunca lo son.

Tener la certeza de que hay piedras con las que nunca volverás a tropezar. Saber cuál es tu lugar en el mundo. Que ese lugar sea frente a una página en blanco. Escribir durante horas.

Vosotras, leyéndome.

El miedo al cambio: una mierda gigantesca

Ya he escrito mil veces sobre la felicidad, sobre la necesidad de tomar decisiones que nos acerquen hacia nuestro objetivo en la vida, de la urgencia de conocer cuál es ese objetivo. Vivimos sumergidos en toneladas de información y, sin embargo, o precisamente por ello, andamos desconectados de esto que somos, de nuestros *Pordentros*. Tenemos a un clic las realidades de personas que se dedican a los asuntos más variopintos; que lograron sus sueños; que han convertido los viajes, las magdalenas o la música en su medio para subsistir. Podemos investigarlos, seguir su plan de principio a fin, incluso preguntarles por él. Pero nuestras creencias o, lo que es lo mismo, nuestros miedos, nos dejan ciegos y sordos. Y un poco gilipollas.

Eso es muy difícil.

Yo no soy capaz.

De eso no se puede vivir.

Ya estoy bien como estoy.

Tampoco estoy tan mal.

Todo el mundo vive así.

Cien mil excusas para no admitir la realidad: tenemos miedo.

Miedo a la soledad y por eso no abandonamos una relación que se murió hace milenios. Miedo a lo desconocido, así que no cambio de ciudad, de trabajo o de amigos que no lo son. Miedo al qué dirán y no salgo del armario, me tiño el pelo de azul o me tomo un año sabático. Miedo al fracaso, mejor no lo intento. Miedo al compromiso. Miedo al dolor. Miedo a pensar, a replantear, a decirlo en voz alta porque entonces esto será una realidad y la realidad me aplastará. Pero es que ya te está aplastando, lo que pasa es que te has acostumbrado al peso.

Dicen las estadísticas que tres de cada cuatro españoles no han alcanzado su propósito laboral. Añado dos observaciones: muchos no saben ni qué es eso del propósito, no tienen ni idea de que uno es libre de definir aquello a lo que se va a dedicar. Lo segundo: el propósito laboral no es un cajón apartado de la vida misma. Somos uno: con una vida, con un cuerpo, con un alma. Es imposible remover una zona sin que las otras tiemblen.

Nuestros valores son exactamente los mismos en la habitación de la familia, en la de los amigos, en la del trabajo, en la de la pareja, en la de nuestra gloriosa soledad. La mayoría no paramos a pensar qué es eso que refleja nuestras convicciones más importantes, nuestros intereses, nuestros sentimientos. Piloto automático y a tomar por el *jander*. Pero si queremos paz, queremos paz desde que nos levantamos hasta que nos acostamos. Y lo mismo pasa con el entusiasmo, la honestidad, la libertad, la lealtad y una larga lista de palabros que nos convierte en seres únicos, satisfechos y plenos. O no, si nos pasamos los días ignorando lo que es importante para nosotros.

Mis valores desembocan en pensamientos y, de ahí, a la parte visible: lo que hago. Si lo que hacemos se arrea de hostias con lo que creemos, mal vamos.

Si ni siquiera creemos: desastre total.

Vacío, insatisfacción crónica, *ajco* supino.

Con suerte, llega un hostión tal que espabilas y te ves obligada a saltar de la rueda de hámster: un despido, un divorcio, una depresión, una enfermedad provocada por tanta *jartura*. Ahora sí que no me quedan más narices: quién soy, qué me gusta, quién quiero ser, hacia dónde voy, cómo llego hasta allí. Me un da miedo tremendo, pues lo haré con miedo.

Ojalá no fuera necesaria la debacle previa a la reacción. Ojalá cada mañana nos levantáramos con un para qué vital claro y cristalino. Ojalá tuviéramos el valor de preguntarnos todos los días si nos gusta la película de nuestra vida, si nuestro personaje es fruto de nuestras decisiones o de las de otros. Ojalá nos hubieran enseñado que ese guion es cosa nuestra y que nunca es tarde para reescribirlo.

Gracias, Campofrío

El humor nos cura, mantiene nuestros telómeros enormes y brillantes. La carcajada rejuvenece, ilumina, devuelve la ilusión perdida. No hay felicidad sin risa y sin sonrisa.

Una vez más, el anuncio navideño de Campofrío usa ¿la ficción? como excusa para recordarnos que, quizás, podríamos andar más contentos por esta existencia nuestra que, de momento, y que se haya demostrado, es la única que tenemos. En dicho anuncio, mi querido Daniel Sánchez Arévalo recrea una tienda de chistes en un mundo donde lo de reírse está mal visto. O sea, un poco como el nuestro. El miedo al ridículo y a lo que gente que ni conocemos pensará de nosotros, además del postureo y la infravaloración de la risa en numerosos ámbitos, provocan que los humanos grises se reproduzcan como si no hubiera un mañana. Los Óscar son para películas melodramáticas, los escritores consagrados son gente muy seria. Cuántos artistas se han aferrado al malditismo porque, siendo un bohemio atormentado, uno crea mucho y bien.

Lo serio es importante, lo dice incluso la RAE, en su quinta acepción del vocablo: *5. adj. Grave, importante, de consideración. Negocio serio. Enfermedad seria.*

Nos olvidamos de que se puede vivir y escribir desde el humor sin restarle un ápice de importancia a los temas que se tratan. Ignoramos que la risa no siempre denota una falta de respeto, sino todo lo contrario. Pasamos por alto que, para el dolor del alma, la alegría es el único antídoto. El humor nos salva la vida, esa que es de verdad, que no consiste solo en levantarse cada mañana y respirar. El humor nos da un *para qué* útil en cualquier ocasión: hago esto y lo de más allá *para* reírme, *para* ver el mundo de colorines, *para* ser feliz, que es lo único que deberíamos querer ser.

El humor no se ve, pero se nota. La cara es el reflejo del alma y hay *jetos* que llevan décadas sin echarse unas buenas risas. Esas comisuras que incrementan su curvatura hacia abajo año tras año y que no recuerdan la última vez que lo hicieron hacia arriba. Qué rictus tan desagradable. Que no se me acerquen, *vade retro*. Arrimémonos a los cachondos mentales, a esos que son tan sumamente inteligentes que le sacan punta a lo más inesperado, que te provocan risas de las de dolor de barriga y chorrito de pis. Porque quien bien te quiere te hará descojonarte. Porque lo importante es reírse y todo lo demás es una guarnición necesaria, pero puramente decorativa.

Yo, que empecé en esto de escribir con un blog de humor, recibo cada día varios correos de mis lectores. Hay dos que jamás olvidaré: el de una chica que me contaba que «cuando no podía ni respirar, tú me hiciste reír», y aquel de otra que, en sus sesiones de quimioterapia, lloraba de la risa con mis relatos. Si alguna vez me da por dedicarme a la novela histórica o la crítica gastronómica, esos mensajes me arrastrarán hasta el camino correcto. Dejémonos de hostias, que yo he venido aquí a divertir a la gente, nada más. Y nada menos.

El mismo Sánchez Arévalo que ahora nos recuerda que el chiste es vida me la salvó a mí, en Moscú y sin él saberlo, cuando la espera por la adopción de mis hijos era tan interminable como desesperante. Me encontré con *Primos*, por casualidad, en un cine ruso. Siempre he pensado que, sin aquella tarde de risas, me habría vuelto completamente majara. Él me acercó el olor a gazpacho, a Paquito el Chocolatero, al despiporre ibérico del que tanto adolecen los soviets. Cuán agradecidísima le estoy por aquellas dos horas de evasión absoluta.

El humor va mucho más allá del chiste, deberíamos llevarlo pegado a nuestras retinas, a nuestras tripas, a nuestro esternón. Recordémoslo en estos días de desquicie, cava y glucemia desbordante. Pasemos una feliz navidad y una feliz vida.

Valientes

No me gusta el miedo. Se supone que cumple un papel fundamental para el ser humano: nos protege, nos aleja del peligro, asegura nuestra supervivencia. Entiendo, entonces, que el miedo impide que saltemos de balcón en balcón, que nos lancemos a la vía del tren o que nos acerquemos a la orilla del mar cuando hay temporal. O no. Porque el miedo no nos protege de nosotros mismos, de nuestra estupidez o de nuestras disfuncionalidades. Es más: en ocasiones las potencia.

Miedo al cambio, al abandono, a la soledad, al compromiso, a la pérdida de un control que es de mentirijillas, a los aviones, al agua, a lo que opinarán de nosotros personas a las que no hemos visto jamás. Miedo a asumir la responsabilidad sobre nuestra vida, a tomar las decisiones necesarias para convertirnos en dueños y señores de esto que somos. Echar balones fuera es mucho más fácil. Y mucho más castrante, claro.

El miedo nos jode mucho más de lo que nos cuida. Le tenemos incluso miedo al miedo. A salirnos de las líneas que otros trazaron para nosotros mucho antes de que naciéramos. Heredamos el miedo de nuestros padres, de nuestros abuelos y de los que hubo antes que ellos. Generación tras generación repetimos las mismas fobias majaras que nos espachurran, aceptamos como propias y verdaderas creencias que se les ocurrieron a nuestros ancestros allá por la Reconquista. El miedo se enseña y es fácil de aprender.

Y es que mentira y miedo van de la mano. Mentiras que nos cuentan aquellos a los que les interesa que vivamos asustados para que ellos permanezcan en sus pedestales, ya sean cónyuges, padres, profesores o gobernantes. Nadie te querrá como yo, no eres capaz, te vas a hacer daño, yo sé lo que es mejor para ti, los extranjeros son peligrosos, depravados los homosexuales. Mentiras que nos contamos a nosotros mismos: así son las cosas, así soy yo, más vale lo malo conocido, nadie es feliz del todo, no puedo salir de aquí.

Miedo a perder el poder, así que pacto con el diablo, llámese izquierda o derecha o *indepes*. No me caen demasiado bien, pero oye, servirán a mi propósito, limarán mi pánico a ser del montón, que nadie se pispe de mi mediocridad. Miedo a lo desconocido: mejor aplasto a los que viven de otra manera, a los que aman lo que no comprendo. Aniquilemos lo diferente, que me produce la misma desazón que la libertad, la alegría y bañarme en pelotas en el mar, o bailar descalzo, o cantar desafinadamente en el karaoke.

El miedo te agarra del pescuezo y te inmoviliza, te ahoga. Miedo a salir del armario, a que tus hijos suspendan porque les espera un futuro aterrador, seguro que sí. Miedo a que no te asciendan en la oficina y a que lo hagan. Miedo a desear lo que no tienes y a intentar tenerlo. Miedo al esfuerzo, miedo al fracaso.

El miedo no tiene cura, pero sí solución. Como en todo, la voluntad, la intención y el querer hacen la diferencia, hacen a los valientes. De nada sirve esconderse de él, nos encontrará tarde o temprano. Busquémoslo ahí dentro y no fuera, desenredemos lo propio de lo ajeno, démosle el sitio que se merece, hagámonos amigos de él para encerrarlo, para que no se mueva y nos invada. Lancémonos a pesar del vértigo. Vivamos asustados, pero vivamos.

El sentido del amor

He reivindicado, desde siempre, la importancia del sentido del humor. La necesidad de tenerlo presente en todos los aspectos de la vida, incluido el literario. Me aburren soberanamente los que prescinden de él por postureo, por el temor de que alguien pueda pensar que, escribiendo desde el humor, se le resta importancia a según qué temas. No es así, ni de lejos, y ya andamos hasta arriba de dramones. Un poco de purpurina, por el amor de Dios.

El humor nos salva la vida, a veces literalmente. La risa genera endorfinas, serotonina, reduce el estrés, genera conexiones sociales, nos relaja, mejora el sistema inmunológico y, sobre todo, nos convierte en seres felices, que es todo lo que deberíamos querer ser.

A mi necesidad exacerbada de reír cada día, al uso del sentido del humor como brújula existencial y medicina, se le ha añadido en las últimas semanas el sentido del amor. Probablemente ha estado ahí desde siempre y simplemente lo he descubierto al arrancar otra capa de esta cebolla que somos los humanos. Me urge saber qué aparecerá bajo la próxima. En mi diccionario personal, el sentido del amor es mucho más amplio que lo que denominamos amor.

Es la alegría de Benedetti, las mañanas de verano en las que disfrutas de tu café cuando aún hace fresquito, la ciudad donde has elegido vivir, una canción que te recuerda quién eras hace veinte años, la vuelta al cole. El sentido del amor es el que nos conecta con los amigos de verdad, esos que te envían un mensaje aún de noche para que te despiertes contenta, o antes de que aterrices de un vuelo transoceánico, escribiendo las palabras necesarias para protegerte del hostión de realidad, para regalarte un airbag tamaño cama doble en forma de empatía, cariño inmenso y generosidad asalvajada.

El sentido del amor es ese que te adora siempre, seas el alma de la fiesta o una piltrafa llorosa con el rímel corrido. Te ama cuando repartes y cuando reclamas, cuando protestas y cuando suplicas.

El sentido del amor nos cuenta que esto va muy rápido y que hay que aprovecharlo, ya sea no haciendo nada o haciéndolo todo. Nos obliga a perseguir nuestra pasión allá donde se esconda, porque la ilusión es lo que diferencia a los vivos de los supervivientes. Nos empuja a buscar la paz, la de dentro, claro. A llenar hasta los topes los pulmones y a confiar en que siempre habrá más oxígeno. A vernos y a escucharnos, aunque a veces no nos guste lo que tenemos que decirnos. Nos asegura que todo está bien aunque no todo esté bien. Nos convence de que nos adoremos cuando somos quienes queremos ser y también cuando no. Andamos por ahí despistados, pero ya volveremos cuando baje la marea. Siempre lo hacemos.

El sentido del amor nos ayuda a distinguir lo que es amor de lo que no lo es, aunque ande bien disfrazado. El amor de verdad es alimento, no aspiradora. No nos exige que pidamos permiso. Nos da fuerza para defender lo que nos gusta, aunque nadie lo entienda. Para pasarnos por el arco del triunfo las opiniones ajenas. Yo me ocupo de mi sentido del amor, ocúpate tú del tuyo, que bastante tienes. Nos cura del síndrome del impostor. Pone el reloj a cero para que volvamos a empezar, cada día si hace falta.

No creo que pueda haber sentido del humor sin amor, ni a la inversa. No podemos reír con ganas sin querer y sin que nos quieran. Amemos, riamos, vivamos.

La vuelta al cole

Nunca quise ser mayor: llevar bolso en lugar de mochila, salir con chicos y tomar decisiones me parecía un coñazo supino. Me lo parecía porque lo es. Por eso, cada septiembre, se me encasquilla la melancolía: yo no quiero tener hijos que vayan al cole; yo quiero ir al cole.

Quiero pasarme dos meses y medio rebozándome en la arena, sin que me moleste el picor de la sal en la piel, sin que las manchas solares invadan mi jeta, sin preocuparme por si los postres engordan. Quiero llorar al despedirme de los colegas de mi Verano Azul particular y tener el absoluto convencimiento de que no superaré nunca esa tristeza devastadora. Y que se me pase nada más encontrarme con mi compi de pupitre.

Quiero volver a soñar, cada comienzo de curso, que se me olvidan todos los libros, que llego sin zapatos al cole, que la monja de turno me manda a casa porque llevo bañador en lugar de uniforme.

Quiero estrenar lápices, libretas y gomas de borrar con olor a fresa, y que esas piernecitas morenas, que contrastan con los calcetines blanco fluorescente, sean las mías. Que los zapatos novísimos estén en mis pies. Que mi cabeza la ocupen dos coletas perfectamente simétricas y gemelas que en tres horas no se parecerán en nada la una a la otra. Que las costras adornen mis rodillas durante años, sin pausa.

Quiero sentirme mayor al ocupar la clase de los mayores, comprobar que la mala leche de la de Latín tampoco es para tanto. Quiero que «la seño» requise los papelitos que circulan por la clase a modo de WhatsApp rústico.

Quiero fabricar arena fina rascando con mis manitas el suelo del patio, modelar pelotas de barro y meterlas en el congelador para desgracia de mi pobre madre, confeccionar pulseras de plástico compulsivamente. Qué habría sido de nosotras de existir móviles y demás pantallas. Qué será de esos niños cuyo ecosistema se reduce a un cuadradito de cristal.

Quiero irme de colonias a Torrebonica para cuidar conejos, y que una amiguita me termine la trenza porque yo no llego.

Quiero ignorar que hay vida más allá de esos muros grises que contienen mi maravilloso mundo de saltos a la comba, a la goma y a la rayuela. Voy a masticar papel y luego lanzar la bola informe para que se quede pegada al techo. Qué divertido, qué asqueroso. Ojalá Óscar reventara otra vez un típex contra la pizarra tiñendo nuestras cabelleras de tinta blanca imborrable. Quiero volver a bailar la lambada con veinte niñas por los pasillos y que sor Gracia nos castigue. Quiero tirarme de culo por las escaleras desgastadas que dan al gimnasio mientras sor Gonzaga grita mi apellido, desquiciada.

Quiero vivir en comuna perpetua con mis compis del cole, incluso con las que no soportaba, con las que no soporto. Porque sin ellas no sería lo mismo. Quiero que me guste un chico, o dos, o catorce. Y que no pase nada.

Quiero reservar la *Súper Pop* los jueves en la papelería de mi pueblo, para hojearla sentada en la puerta de mi colegio mientras espero con Luisa García a que pase en moto el chico que nos gusta. Uno de los catorce que nos gustan.

Quiero hacer los deberes rapidito para bajar a la calle con mis vecinos del tercero. Gritar sus nombres: Ireneeeee, Manueeeel, Beaaaa. Que se asome vuestra madre por la ventana y me diga: «Mari, guapa, ahora bajan», con esa sonrisa paciente que todavía me regala de vez en cuando. Y jugar sin mirar el reloj, porque los adultos se encargan de marcar las horas.

Quiero volver a escuchar aquel texto de mi profe de catalán en el que recordaba sus años de escuela mientras se le saltaba la lágrima a ella y a mí. Ella me doblaba la edad. Yo se la doblo a ella ahora.

Quiero que los años pasen lentos otra vez y sentir que esto nunca se acabará, porque es lo único que conozco. Y me gusta.

Quiero escribir con boli borrable, por si acaso. Que la vida sea borrable, por si acaso.

Qué quiero ser de mayor si ya soy mayor

«No tengo ningún talento, vaya una mierda», «No me gusta mi trabajo, pero no sé a qué me quiero dedicar, qué aburrimiento», «No hay nada que me apasione, soy una siesa». Frases que escuchamos demasiado a menudo. Buscamos la chispa de la vida y no la encontramos por ningún lado, vaya un asco, pero el caso es que todos, absolutamente todos, poseemos algún talento. El problema es que, como no nos cuesta esfuerzo alguno, lo percibimos como algo ordinario.

Dibujar bien, hacer amigos, ser organizada, ser creativa, conectar personas, ser buena anfitriona, escribir con gracia, cocinar. El talento no tiene por qué ser tangible, pero, lo que es seguro es que, de una u otra manera, ha estado presente durante toda tu existencia.

Si colocaras tu vida sobre una línea imaginaria y viajaras desde tus cinco años, pasando por tus diez, tus quince, tus veinte, hasta llegar a la actualidad y luego siguieras unos diez años más… Si en cada una de esas edades te preguntaras qué se te daba bien, con qué disfrutabas, con qué soñabas… Si hubiera un hilo invisible que uniera todo ese tiempo recorriendo ese elemento común que ha estado presente desde que recuerdas, obtendrías eso que algunos llaman «el elemento», lo que te hace único, con lo que vibras, o con lo que vibrabas hasta que la vida se te tragó y decidió por ti.

Dejaste de bailar, de escribir, de hacer muñecos de plastilina, que eran una auténtica pasada.

De eso no se puede vivir, estudia algo de verdad, asegúrate un sueldo fijo.

El sábado pasado, en mi adorada librería Amapolas, mientras disfrutaba en un *brunch* literario con mi igualmente adorado Javier Aznar, una de las asistentes contaba que a ella le encantaría abrir una librería, pero que «había que comer». Laura, la propietaria de Amapolas, la miró sonriente. Laura come, os lo aseguro, y bebe, vino del bueno a poder ser. Laura abandonó su trabajo como azafata para lanzarse sobre su sueño y, como la tía es lista y le apasiona lo que hace, le va de perlas desde que abrió en enero ese espacio, que más que un local es un hogar. Cualquier día me coloca un camastro entre Virginia Woolf y Karen Blixen.

En la línea de la vida de Laura, como en la mía, como en la de tantas, la escritura y la lectura han sido esa vía sobre la que nos hemos deslizado desde que tenemos memoria.

No podíamos no escribir. No podíamos no leer.

De vez en cuando ha llegado el descarrile, pero ha sido inevitable volver al camino correcto. Inevitable porque sin nuestras letras la vida sería plana y gris. Lo mismo le ha pasado a la lectora que me escribió contándome que, a sus cuarenta y pico, se había apuntado a las clases de baile que abandonó allá por los 80 y que se había comprado una Harley Davidson porque era su ilusión desde siempre. No tiene carnet, pero se lo está sacando. Ole ella.

Y es que la rutina, las obligaciones y los agobios nos empujan en la dirección contraria al genio de la lámpara. Ese que nos preguntaría qué es lo que haríamos si el dinero, la estabilidad y los prejuicios no nos preocuparan. Ese que se encargaría de solventar todos los inconvenientes, que se aseguraría de que no fracasáramos. Porque el fracaso da mucho miedo, aunque no sepamos muy bien ni en qué consiste.

Yo juraría que fracasar es quedarse quieto por los siglos de los siglos, pero allá cada uno.

Este es un buen momento

Cada día, gracias a la diferencia horaria con España, me despierto con muchos mensajes adornando mi teléfono. Lo que en otras circunstancias me agobiaría, en estas, con la lejanía, el tiempo libre y la ausencia total de rutina, es una compañía que agradezco. Hoy ha habido uno que me ha abrazado especialmente. Decía: «Sol, este es un buen momento».

Txema, mi vasco adorado, ha querido compartir ese mantra conmigo, que ando a seis mil kilómetros de él. Y solo eso es suficiente para saber que me dice la verdad, aunque a veces me cueste interiorizarlo. La verdad es que este es un buen momento, para empezar, porque es el que estamos viviendo, porque es lo único que tenemos. Hemos de decidir cómo vivirlo, porque lo pasado ya pasó y mañana queda muy lejos. Este es un buen momento porque es el que definirá la evolución entre lo que éramos y lo que seremos y, si lo hacemos bien, el resultado será la hostia.

¿Cómo saber si lo estamos haciendo bien? Complicado. Txema, que es muy listo y muy psicólogo, diría: «Sabiendo». Él añadiría también: «Sol, y tú lo sabes todo». Yo le contestaría que algo sé, pero que el poseedor de la sabiduría suprema es él, porque sabe dónde colocar las emociones, a las personas y la amistad en el lugar exacto y sin lugar a duda. Él me dice que, por mucho que sepas, el dolor duele. Y es que cuando el desastre llega, lo único que quieres es identificar las coordenadas de la tristeza, en qué rincón se esconde ese amasijo repugnante, para arrancártelo de cuajo, así te lleves zonas sanas con él.

Lo siento, nadie viene con el mapa bajo el brazo.

Imagino que lo que me intenta trasladar es que sé dónde estoy, quién soy y hacia dónde voy. Y hacia dónde no quiero ir. Eso lo cambia todo, porque por muchos bandazos que demos, si sabemos qué queremos a largo plazo, el desastre se minimiza considerablemente.

Yo sé mucho de lo que no y algo de lo que sí. De lo que no, no hace falta ni hablar.

Quiero alegría, brillo, purpurina de colores. Quiero tener las herramientas para sostenerme y para sostener. Quiero ser capaz de encontrar el eje desde donde escribir esta historia que está siendo, que ya es y que, quizás, ya está escrita. Solo tengo que transcribirla. Quiero predicar con el ejemplo y decidir. Decidir todo el rato. Aunque escueza. Quiero ser valiente, por mí y para que otras lo sean conmigo.

Ser dueña y señora, reina, toda cimientos y toda rascacielos.

Quiero que me inspiren e inspirar a otros. Disfrutar de mi salud, de mi hogar, de los que son mi hogar.

Quiero nadar desnuda; bailar descalza de pies y de sesera; ser libre de pensamiento, palabra y omisión. Quiero abrazos y besos de los de verdad. Seguir siendo la persona con los mejores amigos de la galaxia. Quiero comerme la vida hasta empacharme y luego volver a empezar. Quiero ser feliz, levantarme cada mañana dando las gracias porque por fin he encontrado mi para qué, enseñarles a mis hijos que el éxito es tener un propósito en la vida y que lo suyo es tatuarse un «a quién le importa» tamaño Godzilla.

Quiero personas que sumen, que sumen mucho. Que me vean, que me reflejen, que me hagan sentir, a cada minuto, que este es un buen momento.

Hablémonos

Todas deberíamos saber hablarnos, preguntarnos cada día un ¿cómo estás? alto y claro. Y contestarnos, claro. Nos pasamos la vida atendiendo necesidades ajenas: en el trabajo, con la familia, entre amigos. Y no charlamos con nosotras mismas. Así nos va.

Los «tengo que» se nos amontonan en el cuerpo, en el coco y en la garganta, y atascan a los «quiero». Nos escondemos bajo una ristra enorme de responsabilidades que, según nosotras, convierten en imposible el libre albedrío. Evitamos mirarnos en el espejo, vaya a ser que lo que nos devuelva no nos guste, vaya a ser que nos plantee dudas, vaya a ser que nos despierte las ganas de cambiar algo. Qué miedo.

Eso sí, con nuestras amigas lo tenemos clarinete: sabemos qué es lo mejor para ellas, pocas veces nos equivocamos. Han de hacer lo que más les convenga. Arréglalo cuanto antes, no esperes un día más, has venido aquí a ser feliz. Y lo sueltas y te quedas tan a gusto. Lo de mirar hacia dentro es harina de otro costal. Siempre hay una excusa para seguir en la rueda de hámster. Llevamos la falta de tiempo para pensar agarrada a la espalda cual koala. Ni tenemos tiempo ni ganas de tenerlo.

Con suerte, algunas nos rodeamos de gente que nos recuerda que somos importantes, que rebozarse en la propia porquería no es lo más sano del mundo y que, por suerte o por desgracia, somos las conductoras de nuestra propia vida. O deberíamos.

O llega un momento de esos que suponen un antes y un después. Un hostión de realidad que te deja totalmente loca y te sitúa al borde del precipicio. Mira, maja, o agarras las riendas o esto se va a la mierda del todo. Ojalá no hiciera falta llegar a ese punto, pero así somos. Y entonces, el desastre te obliga a poner cada cosa en su cajón, a hacerte las preguntas correctas, a contestarlas porque no te queda más remedio, porque nadie lo va a hacer por ti, porque la alternativa es un agujero negro interminable. Ay, ojalá lo hubiera pensado antes, ojalá hubiera observado mi personaje en esta peli para darme cuenta de que no me gustaba un pelo. A ese personaje le arrastraba la inercia, no se hacía caso alguno. Ha vivido durante años según lo que otros esperaban, sin plantearse si eso era lo que a ella le apetecía. No recuerda en qué momento dejó de soñar, de saber qué quería, de hablarse para algo que no fuera machacarse con la ristra de tareas pendientes. El piloto automático la ha poseído por completo. Cómo salgo de aquí.

Nadie viene con el mapa hacia la plenitud bajo el brazo. No hay una lista de respuestas correctas, pero sí de preguntas que dan mucho miedito: ¿Qué quiero hacer? ¿Quién soy? ¿Qué necesito? ¿Dónde quiero estar? ¿De quién quiero rodearme? Si hoy volviera diez años atrás, ¿tomaría las mismas decisiones? Y, a partir de ahí, todo depende de ti, de tus ganas de llevar y no sobrellevar.

Ya lo decía Martín Gaite: lo raro es vivir. Vivamos.

Cosas que he aprendido

En un verano lleno de idas y venidas, he aprendido que hay mochilas que te acompañan por mucho que quieras dejarlas en el armario, que no me gusta estar fuera de casa más de tres semanas.

Que hay personas que son hogar, familia y alimento.

Me siento agradecida al universo por el mero hecho de que existan. Lo de que, encima, me quieran, es algo demasiado grandioso como para ser entendido.

Me he dado cuenta de que la distancia, desde luego, no es el olvido. Ni para bien, ni para mal. Que un mensaje a tiempo es una victoria y una medicina. He echado de menos la rutina, la persona que soy en mi día a día. Sé que me gusta mi vida porque la extraño si estoy de vacaciones. Sí, así de loco y de maravilloso. Quiero que llegue septiembre, la vuelta al cole, más talleres de escritura, muchos proyectos nuevos.

Cinco horas de vuelo, o quince, no son nada si te acercan a la paz, al abrigo y al cariño. No hay que tenerle miedo al miedo, ni a la tristeza, ni a la felicidad asalvajada. Todas llegan y se van. Con suerte, la última es la que más te visita. Con todas te demuestras que estás viva, y eso es maravilloso.

He aprendido a aprenderme cuando pensaba que ya lo sabía todo sobre mí, qué gilipollas. Ahora sé que tengo mucho que investigar por aquí dentro, que no tengo todas las respuestas, ni falta que hace. He comprobado la importancia de agarrarme a mi eje, al centro de esto que soy, de hablarme con cariño inmenso, porque soy Fabulosa. Lo somos. Y punto.

He descubierto lo importante que es en mi vida la libertad: la de pensamiento, acción y espíritu. No a nada que nos constriña, que nos corte las alas, que no potencie lo gloriosas que somos. Con la gratitud pasa lo mismo. Cada día debería empezar con un gracias por todo lo que tenemos, por el lugar en el que vivimos, por la gente que nos rodea, porque estamos donde queremos estar, porque este es nuestro lugar en el mundo.

He confirmado que nada es casualidad porque no puede serlo el encontrarte con una lectora española en plena Ciudad de México, que esta trabaje en la Embajada y que se empeñe en que servidora imparta un taller en aquellos lares. Todo muy mágico.

Sé que las emociones llegan desde el pensamiento, así que más nos vale pensar bonito, pensarnos bien, querernos mucho y ocupar el coco con todo lo bueno de la vida, que es inmenso.

No es cuestión de suerte, sino de ovarios

Ayer, en uno de mis tantos ataques de indignación ante el uso indiscriminado de pantallitas por parte de los niños, solté un par de barbaridades en mi cuenta de Instagram: que si espero que en algún momento sea denunciable, que me parece repugnante ver a cuatro niños en la playa pegados a cuatro pantallas... Supuse que alguna progenitora protestaría, pero no, la mayoría estaban de acuerdo conmigo. Las que me escribieron, claro. Porque alguna pensaría que menuda zorra asquerosa que soy, pretendiendo acabar con su paz espiritual. Todas me apoyaban menos una, que afirmaba que yo tenía mucha suerte porque ella no podía despegar a su hija de la Play y viven a cien metros de la playa.

Supongo que quería decir que tengo suerte de que mis hijos no jueguen con maquinitas. Con todos mis respetos, amiga, suerte es que te toque la lotería o estar sana, no mantener unas normas en casa. Esto, como tantísimas cosas en la vida, está directamente relacionado con tener las ideas claras y con la voluntad de defenderlas, por jodido que sea. Con no comprar pantallitas, listos. ¿Que los niños molestan? Hasta volverte majara y querer tirarlos por la ventana, sí. Pero es lo que hay. No voy a entrar en que si todos juegan, blablablá, porque me parece incluso insultante.

Dejarme llevar por la corriente me acojona y me indigna a partes iguales.

No es cuestión de suerte, tampoco, sacar tiempo de donde no lo hay: para estudiar, para ir al gimnasio, para ver a los amigos, para escribir, para leer. Prioridades claras, voluntad y disciplina hacen la diferencia. Que lo de la visualización y la proyección es algo estupendo, pero como no muevas el culo, por mucho que te imagines con el *body* de Jennifer López, la panza se va a quedar ahí.

A poca gente le apasionan los madrugones, pero algunos son capaces de salir a correr antes de que pongan las calles. De salir de la cama aún de noche para meditar, para hacer yoga. Otros se sacan unas oposiciones a la vez que trabajan y crían hijos. Algunos tienen claro que sus enfermedades no les van a parar y ahí están, acabando maratones, homenajeando a la vida, disfrutándola como si no hubiera un mañana, porque no sabemos si lo habrá, aunque nos gustaría.

No es cuestión de suerte contar con buenos amigos, sino, una vez más, de tomar las decisiones adecuadas. De apartar a los que no y abrazar a los que sí. A los que nos ven, nos escuchan y hacen de esta vida una cosa maravillosa. No nos conformemos con lo primero que venga con tal de no estar solos. No tengamos miedo de darle la patada a quien no nos aporte nada bueno. Busquemos debajo de las piedras, o en cursos, o en el gimnasio, o en clubes de lectura. Hay gente divina por el mundo esperando a que la dejemos ser parte de nuestras existencias. Lo mismo con las parejas. Qué manía tenemos con repetir patrones, con pensar que no nos merecemos más, que no encontraremos nada mejor. Salir de ese bucle de mierda es durísimo, pero posible, y solo depende de ti. Si otras lo han hecho, tú también puedes.

No tiene suerte quien decide luchar por sus sueños, empezar de nuevo, lanzarse sobre su pasión. Trazar un plan de acción que le lleve de donde está a donde quiere estar.

Liberarse de los miedos, de los bloqueos, del qué dirán. De las críticas de un entorno castrador que, incapaz de encontrar la felicidad, insiste en que los demás hagan lo mismo. Que si estás loca, que a tu edad, que tú qué te has pensado. Te has pensado que esta vida es solo tuya y que un día más sin redactar una lista de tus deseos es un día perdido.

Suerte es existir y poco más. El resto es cosa tuya.

Seamos divertidos

Hace unos días andaba con mis amigas en una piscina de Ibiza toda llena de postureo supino. Las chicas, maquilladas y con trajes de baño último modelo, tomaban el sol en la posición perfecta para que la panza se mantuviera en su sitio, el pelo se quedara impecablemente colocado y juraría que la mayoría mantuvo el culo apretado en las seis horas que anduvimos por allí. Los chicos, un poco lo mismo, pero apretándolo todo en general. Solo de pensar en tanto esfuerzo me estreso.

El tema de los selfis y fotos *instagrameras* ya era la hostia. No voy a describirlo aquí con detalle, todos hemos sido testigo alguna vez de esos espectáculos dantescos en los que una pone morritos, se agarra la melena sensualmente, entrecierra los ojos y le da al botoncito. Yo, personalmente, lo paso fatal ante semejante panorama.

El caso es que, junto a estos fascinantes seres, estaba mi pandi, fascinante también, pero por otras razones: los pelos atados en lo alto, sentadas como mejor nos fuera para rajar lo más grande (o sea, michelines al viento y tan felices) y con acompañamiento de sangría constante.

Tras un par de jarras de bebercio, a dos de mis amiguis les pareció justo y necesario lanzarse sobre una de las hojas-hamaca divinas que rodeaban aquella piscina de aguas cristalinas.

No para tumbarse de manera sensual como hacía el resto de la clientela.

No para hacerse un *book* digno de las Kardashian.

Sí para marcarse, tumbadas, un baile mezcla de cancán y natación sincronizada, con unos toques de aerobic, zumba y baile del pajarito. *Pata para arriba, pata para abajo, ay que me muero de la risa, mira que casi me ahogo. Toma que te arreo una patada.*

Ni que decir tiene que servidora grabó un vídeo de aquella maravilla, no para colgarlo en redes, sino para disfrute propio, que nunca se sabe cuándo una va a necesitar un antídoto para el aburrimiento o la tristeza.

En un momento dado, nos acordamos de que allí había más gente, los miramos: seguían con sus pieles brillantes, las melenas en el sitio, las panzas *apretás*. «Somos la hoja más divertida», espetó mi amigui Carol, y seguimos descojonándonos. Y pata para arriba y pata para abajo.

A partir de ese momento me dediqué a observar al personal: no coreografías, no charlas animadas, no carcajadas, no otras hojas divertidas.

Me dio por recordar que la semana anterior nos habíamos vestido de unicornias para ir a una fiesta piscinera. Cuánto reímos, cuánto bailamos, cómo meneamos aquellos flotadores gigantescos. Y que la anterior Emma había celebrado su cumple con una fiesta de disfraces griega en la que cada uno adoptó un nombre de dios. La cumpleañera era Afrodita; un comandante de Iberia era Poseidón e iba todo pintado de azul, y un señor catedrático decidió que se vestía de Helena de Troya.

No nos hace falta un evento especial, porque no hay reunión que no acabe en carcajada. Qué maravilla. Joder, qué suerte tenemos, disfrutémoslo mientras podamos, que la vida guarda sorpresitas inevitables ante las que la carcajada se complica. Por eso no puedo entender a los permanentemente serios, aburridos, inertes. Disfruta mientras puedas y si puedes siempre, mejor que mejor.

Y es que la risa es inteligencia; es comprensión de la existencia, de la importancia del momento; es salud, de la física y de la mental, que es casi lo mismo. Queremos estar junto a gente divertida, que no es lo mismo que superficial, sino todo lo contrario. Queremos ser capaces de ilusionarnos por tomar un café con los de siempre y saber que chorrearemos endorfinas y lagrimones e, incluso, algún chorrito de pis, porque no entendemos la vida sin humor.

Queremos ser las hojas más divertidas de la piscina.

Queremos más Punsets

Queremos más gente como ese señor tan amable que me encontraba por las mañanas paseando en Chamberí y al que, lamentablemente, nunca le expresé ni mi admiración ni mi agradecimiento. Necesitamos más gente como él, cuya presencia nos provoque una sonrisa y tanta ternura como interés.

Alguien que nos recuerde que de nada sirve que sepamos manejar tanto mecanismo externo si no tenemos ni idea de qué estamos hechos ni qué es lo que pasa por aquí dentro; que nos informe de que la felicidad es la ausencia de miedo, igual que la belleza es la ausencia de dolor. Seamos valientes, seamos bellos. Que nos cuente que esto va de vivir con intensidad los buenos momentos y no de tener el control absoluto, la seguridad absoluta, el poder absoluto. Que nuestros deben ser los remos con los que huyamos de la deriva, porque solo así seremos dueños y libres.

Queremos a alguien que nos brinde un GPS vacío de demagogias y repleto de ciencia, porque necesitamos verdades bonitas, pero verdades empíricas. No estamos para hostias. Personas bonitas que se enfrenten al reto de encontrar los hilos que nos mueven para que seamos nosotros los que los controlemos, y no a la inversa. Personas apasionadas, inteligentes, humildes, curiosas, dispuestas a compartir sus conocimientos con el resto del mundo, porque lo que quieren es cambiarlo y la única manera de mejorarlo es mejorar a sus habitantes. Y la única manera de mejorar es escuchar y escucharse. Y rectificar. Desaprender para aprender.

Queremos más gente que afirme que todo lo que ha aprendido lo ha aprendido de la gente, de sus gestos, de sus temores, de sus máscaras. Que nos convenza de que es imprescindible encontrar lo que nos hace vibrar por dentro y conocerlo todo sobre ello, bucearlo a fondo, para así disfrutarnos, disfrutarlo y lanzarnos sin mesura sobre ello, ya sea un beso, un lienzo en blanco o una plantilla de Excel. A quién le importa.

Queremos que se predique con el ejemplo, con el sentido del humor, con las ansias de ver más allá de nuestras narices, con el cuestionar todo aquello que nos limite, con la creencia de que estamos hechos de sueños que no son sueños, sino objetivos. Gente que demuestre que el único obstáculo entre nosotros y la felicidad somos nosotros mismos, nuestra ignorancia, nuestra cabezonería y siglos de incultura emocional.

Queremos que nos recuerden que necesitamos amor, pero amor del bueno, del que eleva, empuja y alimenta. Lo otro no es amor.

Queremos a alguien que nos muestre que lo de estar por encima de las chorradas de la vida, que son casi todas, no nos convierte en prepotentes, sino en realistas, en valientes, en sinceros, en flexibles. No nos tomemos demasiado en serio: ni somos tan importantes, ni tan nimios. Queremos que nos hablen de la intuición, que nos aseguren que esas corazonadas que nunca nos fallan no son brujería, sino experiencia y conocimiento. Dejemos que nos guíe, no le tengamos miedo. Hagámonos preguntas, sin importar cuál será la respuesta, ya aparecerá. Queremos personas optimistas, que nos hagan olvidar un pasado que no fue mejor, que es inútil. Que nos empujen la mirada hacia lo que está por venir. Que lo que está por venir sea por decisión propia.

Veinte deseos

Yo quiero quedarme dormida en el sofá, no por agotamiento, sino por gusto. Sabiendo que al día siguiente no tengo que madrugar y al siguiente tampoco. Sin el peso que provoca el despertador día tras día, año tras año. Quiero dormir doce horas sin valerianas, sin melatoninas, sin tapones. No quiero calcular, cada noche, las horas que quedan hasta escuchar esa cancioncita que programé como alarma, que tanto me gustaba y que ahora aborrezco, porque me recuerda que la rueda de hámster se pone en marcha otra vez, como ayer y como anteayer. Quiero despertarme tardísimo los sábados, y quedarme en la cama viendo Netflix, morirme de la pereza cuando me entre el pis o el hambre.

Quiero pasar cinco horas leyendo revistas en el sofá, o nueve, porque las intercalo con un capítulo de una serie que ya he visto, pero que me encanta. O doce, porque también echo siestas intermitentes bajo la mantita. Quiero escuchar música porque sí, porque me gusta, porque me llena el alma. Pasar de un cantante a otro sin orden ni concierto, que el día se me vaya entre Queen, El Último de la Fila y la banda sonora de *La La Land.*

Quiero no tener nada en la nevera porque el Cola-Cao y las galletas ya me van bien. Porque no engordo ni me sienta mal. Como cuando tenía veinte años y daba igual lo que comiera, porque lo quemaba bailando como una loca tres noches por semana. Esa es otra: quiero salir. Quiero salir como si no hubiera un mañana, porque nadie sabe si lo habrá. Hasta que amanezca. Dejarme la garganta en el karaoke, los pies en las pistas de cualquier garito. Volver a casa con el rímel por las rodillas, muerta de la risa, sin más preocupación que la de encontrar taxi porque los tacones me están matando. Quiero despertarme a las cinco de la tarde el domingo y saltar directamente al sofá, que me llame un amigo para ir al cine y, sin pensármelo, plantarme en la butaca en media hora. Ver a mi pandi cada día, sin buscar hueco, sin hora final.

Quiero ser ignorante de que el tiempo es finito, para pasarlo siendo perezosa y feliz, porque eso es el aquí y ahora tan ansiado. Quiero contestar «Ni idea» a todas las preguntas que tengan que ver con qué vas a hacer mañana, o la semana que viene, o dentro de dos horas. Quiero no planificar cada puto segundo, quiero deshacerme del tetris vital en el que se convierte esto de ser adulto. Quiero no tomar decisiones cada minuto de mi vida. No pensar en las consecuencias de mis actos, no adelantarme catorce pasos ante cualquier acción. Quiero no tener agenda porque no es necesaria, porque hago lo que se me ocurre en el momento. Porque si me apetece escribir doce horas un día, hasta las cuatro de la mañana, pues no pasa nada. Y si el día siguiente lo paso cotilleando vídeos chorras en Youtube, pues tampoco. ¿Quién decide lo que es perder el tiempo y quién dijo que eso es malo, malísimo?

Quiero ducharme con calma, quiero bañarme más de una vez cada seis años. Quiero apagar el teléfono sin pensar en todo lo que puede pasar si lo hago. Quiero no pensar. Quiero pensar solo en divertirme, en lo que quiero ser de mayor, en soñar, en tíos buenos, en razones para carcajear sin fin.

Quiero salir a pasear sin destino fijo, parar en cualquier tienda para mirar sin comprar, sentarme en cafeterías ideales a escribir sin mirar el reloj. Quiero no tener reloj.

La maternidad: paraíso o infierno

No he conocido un amor igual. Jamás me he sentido tan feliz. Lo que más me gusta en el mundo es pasar tiempo con mis hijos. No imagino la vida sin ellos. Esto es la plenitud. No hay nada mejor que ser madre.

Podría completar esta columna entera con frases que idealizan la maternidad. Verdades absolutas inundan las redes, las revistas, el planeta. Madres impolutas, sin rastro de ojeras, rodeadas de niños inmaculados y sonrientes. La piedra filosofal. La garantía de la felicidad.

En la calle, queremos ignorar a esas mujeres consumidas que arrastran el cochecito, que intentan hacer entrar en razón a una criatura que berrea en el suelo del supermercado, a esas locas que gritan desquiciadas en los parques. Algo habrán hecho mal, no se organizan, se ahogan en un vaso de agua.

Si alguna osa insinuar que la procreación no es el paraíso prometido, inmediatamente asoma un pero, un aunque. Madres que no han dormido del tirón en cuatro años asegurando que no han perdido calidad de vida. Ay, las creencias y las culpas.

Porque tan verdad es que para algunas la maternidad es el culmen de la alegría como que para otras es una losa difícil de soportar. Y es que la apuesta es muy arriesgada: todo tiene marcha atrás, menos la muerte y la maternidad. Puedes divorciarte, cambiarte de ciudad o de trabajo e, incluso, de sexo. Pero eres madre para el resto de tu vida. Y nadie te dice la verdad, porque nadie la conoce a priori, o porque no se atreven tan siquiera a pensarlo.

Nadie es consciente de cómo un niño va a revolver tu vida, porque no sabes quién será el niño, ni quién serás tú como padre o madre.

Nadie sabe si esa criatura comerá bien, o si tu vida se convertirá en una batalla campal cinco veces al día, sin fecha límite. Si será un estudiante modelo o si los deberes convertirán tu hogar en un infierno. Nadie te entrena para resistir sereno a las expulsiones, a las rebeldías, a las malas contestaciones. No te cuentan cuán grande es la frustración cuando el esfuerzo titánico no desemboca en fruto alguno. Cuando llegas agotada de trabajar y, a las siete de la tarde, empieza la jornada de nuevo. El día de la marmota. No puedes imaginar cómo te afectará la ausencia de libertad, de improvisación, de tiempo para pensar que también existes.

Nadie lo dice en voz alta, pero, a veces, cuando no pueden más, esas mujeres le confiesan a una amiga íntima que se arrepienten, que ellas serían más felices sin esos hijos que son un problema constante, o que simplemente no están hechas para ser madres. ¿Qué es lo que he hecho mal? ¿Cómo puedo arreglar esto? Hay temas que no tienen solución: eres madre y no quieres serlo.

El otro día me decía un amigo, hablando del libro *Madres arrepentidas* de Orna Donath, que toda la vida se ha contado el coñazo que pueden resultar los hijos. Esto no es nada nuevo. Sí, pero nadie había alertado de que podía convertirse en un sufrimiento interminable por mucho que los quisieran, que puedes llegar a odiar tu vida, a ser infeliz. Veintiuna mujeres de diferentes edades y contextos sociales son entrevistadas por la socióloga israelí y cuentan cómo, de volver atrás, jamás serían madres. No soy la única, no estoy loca, no soy una psicópata. Mal de muchas, consuelo de otras. La caja de Pandora abierta para bien.

Las estadísticas cuentan que un 9% de las mujeres que son madres están arrepentidas, y un 18% están desengañadas, entendiendo que, aunque volverían a tener hijos, no se sienten muy felices. Y me pregunto quién, en su sano juicio, decidiría no sentirse muy feliz.

Ruavieja: no somos eternos

A estas alturas ya todos hemos recibido el vídeo de Ruavieja. Ese anuncio de licor que muestra a varias parejas de amigos a los que se les pregunta cuán importante son el uno para el otro y con qué periodicidad se ven, para después calcular cuántos días van a estar juntos en lo que les queda de vida. Todos se quedan ojipláticos al comprobar que son muchos menos de los que habían pensado, aunque el problema real es que ni se lo habían planteado. Nadie lo hace. El (triste) resultado tiene en cuenta solo el mejor de los escenarios, ese en el que uno vive hasta la media española.

Ya tenemos edad para saber que la realidad puede ser mucho más cruda. Algunos adioses llegan sin previo aviso. Los del licor cuentan que mucha culpa es de las pantallas. No estoy de acuerdo: reivindico a ese Dios de la tecnología que me permite ver el jeto de los que viven allende los mares día sí, día también. No les huelo, pero algo es algo. No culpemos a las pantallas de nuestro pasotismo emocional.

El amor a la rutina y el no priorizar en el orden correcto nos apartan del cara a cara. La verdad es que nuestros malos planeamientos nos acercan a la procrastinación inútil, esa en la que ni siquiera descansas, en la que solo pierdes el tiempo como un gilipollas, pasando por la vida sin que la vida pase por ti.

Y es que vivimos como si fuéramos eternos, y no lo somos. Malgastamos las horas ensayando la vida, y el estreno se retrasa año tras año, década tras década. ¿Cómo no vamos a vivir desconectados de nuestros mejores amigos si nos apartamos continuamente de nosotros mismos?

Muchos se revuelcan, día tras día, sobre la rueda de hámster. Cada semana es igual a la anterior. Ninguna novedad destacable entre los treinta y los cincuenta. No saquemos la cabeza del círculo vicioso, vaya a ser que nos dé por recapacitar y caigamos en que hace años que no nos ilusionamos con nada, que no nos reunimos con aquellos que nos pellizcan el alma. Mejor me quedo en mi jaula, que la conozco muy bien y no me da ninguna sorpresa, ni agradable ni desagradable. Adictos al aburrimiento. No grandes viajes, no grandes planes, no grandes amigos. La mediocridad y el conformismo como modo de vida.

Qué pánico tremendo me da mirar hacia atrás y descubrir que podía haber vivido más y mejor, que algo quedó pendiente, que solo puedo arrepentirme de lo que nunca hice. Estoy convencida de que, en algún momento, inevitablemente, el inventario final nos arrea en los morros.

Por eso soy de las majaras que recorre miles de kilómetros para encontrarme con los que adoro, porque esos momentos con ellos son los que le dan sentido a mi existencia, porque enredado en nuestras risas, en nuestras confesiones y en esa complicidad asalvajada, encuentro mi verdadero yo. La distancia no existe cuando en el otro extremo te esperan los fuegos artificiales.

Pero toda esa maravilla requiere de varios pasos previos. El más importante: tener la firme voluntad de ser feliz. El siguiente: identificar qué es eso que nos gusta más que nada. Y después, lo más complicado: tomar decisiones que nos lleven por el camino elegido. Decisiones, en muchos casos dolorosas, que desafían a la pereza, al miedo y a unas creencias que nos tatuaron incluso antes de nacer. La sinceridad con uno mismo es siempre la más jodida. Pero el tiempo pasa, y cada día que uno desperdicia sin querer, sin identificar y sin decidir es un día perdido, por mucho que no queramos contemplar la cuenta atrás sobre la que caminamos.

«Tenemos que vernos más», reza el anuncio viral. Patada a la rueda, a las excusas, a la vagancia vital. El día idóneo lo decretas tú. Hoy ya he agendado tres encuentros con amigos a los que se les ha saltado la lagrimilla con ese enlace que les envié. De algo sirve la publicidad.

La rapsodia de Freddie

Sí, lo confieso, en los últimos tres días no he hecho más que escuchar a Freddie Mercury en bucle. Todavía no he decidido si la película es buena o no, qué más da. La emoción y el amor por esa voz prodigiosa me nublan el entendimiento y la objetividad.

Me ganaron en la primera escena, porque recuerdo perfectamente el Live Aid de Wembley y Filadelfia. Al ver «1985» sobre la pantalla, le pregunté a mi amigo Paulo, que ocupaba la butaca de al lado: «¿Tú en qué año naciste?». «En el 90», contestó.

Y, por primera vez que yo pueda recordar, me sentí inmensamente feliz por ser mayor que alguien. Le agradecí al universo haber nacido en el 73, el mismo año en el que se publicó el primer álbum de Queen. Era tan estimulante que solo hubiera dos canales de televisión mientras crecía, que en mi casa se escuchara la radio a todas horas, colocar con sumo cuidado la aguja sobre el vinilo...

Ese concierto fue lo que fue, entre otras cosas, porque no había un maremoto de posibilidades en las que diluir nuestra atención: los *trending topic* no eran diarios. Eran, como mínimo, mensuales. Mil quinientos espectadores, setenta y dos países: un momento que se grabó en el imaginario de varias generaciones. «Bueno, yo lo vi en diferido», se justificaba mi Paulo, tristón, sabiendo que Youtube no se parece, ni de lejos, a lo que yo viví, a mis doce, con la nariz pegada a una televisión que era de todo menos plana.

Agradezco que la película no se cebe en los aspectos más sórdidos de la vida de Mercury. Yo he venido al cine a soñar, el resto ya lo sabemos y poco importa. Qué manía con los dedos, las llagas y los lados oscuros. Lo único que me interesa de un cantante es su virtuosismo, su sensibilidad, su personalidad y su talento.

Tampoco me ha importado que las fechas bailen y que los datos no sean correctos. Queen nunca se separó, Freddie fue diagnosticado años después del concierto Live Aid. Pero es que yo no soy crítico de cine, gracias a Dios, soy una espectadora que, como tantos otros, se ha agarrado al recuerdo de esa música gloriosa y se ducha, cada mañana, al ritmo de *Don't stop me now*.

Y es que, cuando lo de ser adulta se me atasca, su voz soberbia me eleva, me empuja, me evade. Quisiera volver al 85, pedirles a mis padres que me lleven a Wembley. Porque si yo llevo tres días turbada por la nostalgia, sacudida por *Bohemian rapsody*, me gustaría saber qué sienten al verla los que estuvieron allí.

Dos horas frente a la pantalla te dan para caer en la cuenta de que ese talento es irrepetible, a los hechos me remito. Y la melancolía se mezcla con la satisfacción de disfrutar de la música tan intensamente. Porque el arte nos conecta con algo superior. No es lo que son los artistas, que también, es lo que somos nosotros frente a su arte.

Cuán improbables son las posibilidades de que aptitudes físicas y pasión irrefrenable se reúnan en la misma persona. Que, encima, supere todos los obstáculos y las oposiciones varias a los oficios artísticos ya es una proeza sobrehumana. Hay que ser muy valiente para saltarse tanto prejuicio y lanzarse al vacío de tu vocación. Del arte se puede vivir; de hecho, la vida es menos vida sin arte. Recordemos esto cuando veamos a nuestros hijos coger un pincel, escribir en su diario, cantar en su habitación. No dejemos que el mundo se pierda la oportunidad de ser mejor.

No me toques los telómeros

Es curioso como los humanos necesitamos confirmación empírica hasta de lo más evidente. En mi caso, compruebo día sí, día también, cómo a menos horas de sueño, peor alimentación y más nervios, mi cuerpo se retuerce entre las anginas, el dolor de estómago y las contracturas tamaño pelota de tenis. A pesar de todas esas señales, sigo trabajando hasta las tantas, desayunando cruasanes y poniéndome del hígado por mil problemas que, pasados tres días, se me antojan una gilipollez supina.

Pero hasta aquí hemos llegado.

El domingo me enviaron un vídeo que ha supuesto un antes y un después en mi vida de tía desquiciada. Elizabeth Blackburn, Premio Nobel de Medicina en 2009, aparece en una de esas charlas TED que me encantan y que creo a pies juntillas, porque si hablas ahí es porque eres inmensamente listo.

Resumo mucho lo que nos dice esta mujer: los telómeros son unas fundas que protegen los extremos de los cromosomas, como los plásticos en los cordones de los zapatos. Cuanto más largo es el telómero, más veces y mejor se divide una célula para reproducirse. Cuando el telómero se acorta, el proceso de envejecimiento se acelera, porque la célula no se multiplica como es debido. Se ha demostrado que, entre otros factores, el estrés crónico acorta nuestras fundas protectoras. Lo descubrieron observando, durante varios años, a mujeres con hijos que sufrían enfermedades crónicas. La edad no parecía influir en el tamaño de su telómero, pero sí el tiempo que llevaban ejerciendo de cuidadoras durante veinticuatro horas al día. Qué pasaba con los padres de esos niños, y por qué no forman parte del informe, es tan curioso como triste, pero esa será otra columna.

Dentro de esa muestra de féminas, había algunas que mostraban datos contradictorios: sus telómeros estaban la mar de largos y estupendos. ¿Por qué? Porque meditaban unos pocos minutos al día.

A partir de la charla de la Blackburn, he comenzado una investigación sobre el telómero y he encontrado lo que ya intuía: el estrés, la alimentación, el descanso y la calidad de tus relaciones sociales son cuestiones decisivas para el estado de tus telómeros, o sea, de tu cuerpo, o sea, de tu persona. Los genes importan, pero los hábitos son los que hacen la diferencia. No puedes modificar tus genes, pero sí cómo estos se comportan.

Te arrugas más, te salen más canas y enfermas más si vas como vaca sin cencerro por la vida, independientemente de que tu abuela tuviera una piel de porcelana y estuviera como una rosa hasta los noventa y cinco. Solo tenemos que salir a la calle y ver las caras de mujeres de treinta que, a base de tabaco, café y cargas domésticas inhumanas, aparentan cincuenta. Lo único que consiguen esos datos científicos es confirmar que el estrés mata, lenta o rápidamente, y fijar en nuestro cerebro la imagen de un cordón cromosómico que se deshilacha asquerosamente con cada ataque de ansiedad, con cada noche en vela, con cada cabreo en la oficina.

Los datos son claros: los países con la esperanza de vida más elevada son aquellos en los que sus habitantes nonagenarios declaran ser felices. Esta obviedad sería el principio de un largo debate: ¿qué es la felicidad?, ¿podemos decidir ser felices a pesar de circunstancias adversas?, ¿estamos dispuestos a saltar de la rueda de hámster para plantearnos si vivimos como queremos? El dinero no da la felicidad, ¿pero ayuda?

La felicidad es un difícil camino construido a base de decisiones. La buena noticia es que todo depende de nosotros, el buen estado de nuestro sistema inmunitario también. La mala, que todo depende de nosotros.

En un tiempo en el que se premia la hiperactividad, donde el dormir poco y el trabajar mucho son causa de admiración y donde se denomina *superwomen* a las mujeres que llegan a todo a cualquier precio, hay que quererse mucho para echar el freno, pensar en uno mismo y mimar nuestros telómeros.

Yo, de momento, hoy me he echado una siesta y mañana empiezo a meditar.

Elijo susto

Cuando una ya creía que lo había visto todo, leo en Twitter que los de Netflix se han visto obligados a suplicar a sus clientes que no imiten a los personajes de la película *A ciegas*. Resulta que algún iluminado ha creado el *Bird Box Challenge*, en el que hay que vendarse los ojos para llevar a cabo algunas actividades.

En la peli existe un mal extraño que se contagia al mirarlo; en la realidad, el mal es un chorreo de gilipollez de dimensiones alarmantes. En las redes podemos contemplar a un bebé con un antifaz chocando con una pared o a un descerebrado conduciendo con los ojos vendados. En fin.

Creo que esta muestra de insensatez me llama la atención especialmente porque estamos en una época del año en la que se supone que andamos liados con los propósitos. Dichos propósitos deberían dirigirse hacia una mejora, tanto del individuo como de la especie humana en su conjunto. Como dijo un amigo mío en la cena de Navidad, muchas personas pensando en algo bueno tiene que provocar cosas buenas. Tiene su lógica, por aquello de las sinergias. Pero entonces llega el *Bird Box Challenge* y pierdes un poco la fe en los habitantes del planeta.

Mucha gente sufre de esa tendencia enfermiza a la pertenencia a un grupo, da igual el que sea. Voy a cumplir todas las condiciones para que me acepten, sin plantearme lo del libre raciocinio, que es muy cansado. Yo me tatúo, me bebo diez tequilas en una apuesta, me paso las horas pegado a un videojuego o me tapo los ojos porque así soy como los demás.

Soy alguien.

Soy.

Tengo pareja porque eso es lo que hacen a mi edad; porque los domingos, solo frente a la tele, me aburro; porque se meten conmigo en las bodas. Barbaridades que servidora escuchó ayer mismo, en plena resaca post fin de año. Porque esa tribu salvadora puede estar compuesta de dos personas. Ya hay alguien que me mira, o no. Que me escucha, o no. Pero hay alguien. Y si hay alguien a mi lado, yo existo.

Soy alguien.

Soy.

Voy a los restaurantes de moda porque hay que dejarse ver, me reúno con gente que me la trae floja, hay que hacer *networking*. Que hasta la palabra lo dice: red. Te pescan, te atrapan. Estás incluido en ese banco de pececillos revolcándose todos bien juntitos, bien iguales. No recuerdas muy bien por qué ni cómo llegaste a ese mogollón. Pero ahí estás. Y salir de prisión no es fácil. Sobre todo porque no quieres, porque te encanta ese traje de preso, clavadito al de tus compañeros de celda.

Siempre me ha sorprendido el tener que justificar las supuestas diferencias: ¿por qué no bebes alcohol?, ¿por qué no tienes pareja?, ¿por qué no les compras la *Play* a tus hijos?, ¿por qué viajas sola? Y no sé qué me indigna más, si el que me pregunten sobre cuestiones que solo me atañen a mí, la limitación mental que indican dichas preguntas o el *ovejismo* generalizado. Probablemente todo.

Que nadie se confunda, no es que tengamos que esforzarnos en ser especialmente originales, se trata justamente de todo lo contrario, de relajarnos, de dejar de perseguir, de no entrar en esas cajas en las que nos sentimos cómodos porque dentro están las instrucciones de una vida que otros diseñaron para nosotros. A veces hay que dejar de escuchar y solo pensar. Aunque duela.

Y es que, señores, déjenme sugerir un propósito para este 2019 y para todas las décadas que están por venir. Vamos a posponer los viajes a paraísos playeros y vamos a centrarnos un poco en esto que somos: seres individuales, valiosos y válidos por el simple hecho de existir, responsables únicos de nuestra felicidad y de nuestras acciones. Ya, lo de la responsabilidad es una putada, asusta mucho, pero es lo que hay. Haber elegido muerte.

Glenn Close: existamos

Al recibir el Globo de Oro por su papel en *The wife*, Glenn Close habló del derecho de las mujeres a realizarse. No nos limitemos a cumplir el papel de cuidadoras. Aplausos y viral al canto. Por necesario, el mensaje es triste. Cuántas, diluidas en un maremoto de obligaciones, no encuentran el tiempo necesario para existir. Muchas se conforman con migajas porque no creen estar a la altura de una vida propia. Una cena con amigos, una tarde en el cine, una ducha tranquila son lujos inalcanzables. Ya no hablemos de tener objetivos, proyectos, ilusiones más allá de la rueda de hámster.

La maternidad se puede convertir en un inframundo en el que a más sacrificio, más aplauso. Ay, lo que nos gusta el reconocimiento ajeno y lo que nos han jodido el cerebro las creencias heteropatriarcales sobre la entrega absoluta y las madres celestiales. Pulsan la pausa «unos años» con la esperanza de que alguna alarma las despertará de su letargo, sin saber que no son eternas.

Hubo un momento, muchos momentos, en los que quisieron tirar el despertador, las lavadoras y las sartenes por la ventana, pero, como la rebelión se les antojaba imposible, optaron por anestesiarse. Total, para qué, si estoy cansadísima. Cansadas para pensar, para merecer, para improvisar. Inertes como piedras. Cansadas para pintarse los labios, para estrenar esos zapatos que en otro tiempo fueron todo un acontecimiento. Cansadas para incluir en la lista del supermercado un capricho para ellas. Cansadas para encontrar en la agenda un hueco y teñir las raíces que las martirizaban desde el espejo y que ahora les son indiferentes porque ellas mismas son la indiferencia. Cansadas para intentar comprender por qué un día dejaron de plantearse preguntas cuyas respuestas llevarían, ineludiblemente, a que todo se derrumbara. Cansadas para tener ganas de Nueva York, de baños desnudos en el mar, de copas de vino, de madrugadas.

Se convierten en continentes de un contenido ajeno que no deja espacio al propio. Llenan sus bocas con innumerables «Es lo mejor para ellos» y olvidan la primera persona del singular por los siglos de los siglos. Los sueños, si alguna vez los tuvieron, se les han podrido dentro.

Tenemos que aguantar, ante nuestra participación en cualquier actividad lúdica para adultos, que nos pregunten: «¿Con quién has dejado a los niños?». ¿Y a ti qué te importa? Nadie se plantea tal interrogante cuando es el padre el que se va de fiesta. Ya sabemos con quién están, con la de siempre.

En su discurso, Glenn Close recuerda a su madre confesándole: «Nunca he logrado nada en la vida por mí misma». Quizás lo hizo, pero sus creencias limitadoras y el ego de otros le impidieron reconocer sus propios méritos. Algunas se creen apéndices del hombre. Están convencidas de que todo lo productivo sale, directa o indirectamente, del poseedor de la testosterona. La puta culpa, en cambio, toda ovárica, toda progesterona.

Las palabras de la madre de Glenn Close chocan de frente con ese discurso empalagoso que asegura que «no conocía la felicidad hasta que fui madre» o que «esto es lo mejor que me ha pasado en la vida». Para la madre de Close, ese paraíso finalmente fue la nada. Su nada. La nada en la que tantas están sumergidas y ahogadas. Con mucha suerte y voluntad quizás un día miren hacia atrás y vean que su mochila está vacía, su historia se la llevaron otros. En el mejor de los casos, reaccionan. Nunca es tarde si la dicha es buena. Superada una barrera, superadas todas.

Algunas quizás les preguntemos hoy a nuestras madres si se sienten así de vacías.

¿Quién fuiste? ¿Fuiste?

Que al menos estas reflexiones nos ayuden a crear una nueva realidad, una generación de mujeres en la que no seamos el único obstáculo entre nosotras y nuestra felicidad.

Estamos hechas de sueños, o deberíamos.

Recortando alas

La semana pasada di en el colegio de mis hijos una charla sobre el oficio de escritor. De escritora, en este caso. Ojalá yo hubiera escuchado, a mis dieciséis, a alguien que se dedicara a lo que tanto me apasionaba. No pasó. Los escritores eran entes bohemios que malvivían en una buhardilla parisina, o un Vargas Llosa. Nada entre los dos extremos. La facultad de Derecho y todo lo que vino después me apartaron de un camino en el que, afortunadamente, me encarrilé décadas más tarde.

Así que vamos a intentar que los chavales no repitan nuestros errores. Que conozcan todas las opciones, que tengan una visión amplia del territorio para poder trazar el mapa que los lleve a su destino deseado. Ellos ya saben que cada día nacen nuevas profesiones, y que las existentes se renuevan, alimentándose de esas nuevas tecnologías en las que ellos se mueven como peces en el agua. Puedes inventarte tu propio trabajo. Reinventarlo. Te dedicarás a muchas cosas, en sitios muy diversos. Imagina la vida que quieres vivir y lánzate a por la opción que te acerque a ese ideal.

Y allá que voy yo muy dispuesta y les pregunto a cuatro de ellos a qué se quieren dedicar.

—Economía, ADE, Derecho.

—Ajá... ¿Y por qué esas carreras?

—Porque son algo seguro, porque quiero tener dinero para darme caprichos.

Ningún «porque me apasiona», ningún «porque me permitirá dedicarme a lo que me hace feliz».

—¿Dónde queréis vivir?

—En Madrid —dijeron todos, menos una chica que quizás se iría al norte de España, por el mar.

Yo seguí con mi discurso, les hablé de diferentes maneras de monetizar esto de colocar una palabra tras otra, de cuestiones prácticas, de la felicidad que te aporta levantarte cada mañana para dedicarte a tu pasión, de lo descomunalmente satisfactorio que es ver cómo tus sueños se convierten en metas alcanzadas.

Les conté cómo literatura y vida se trenzan inevitablemente, que no debían permitir que nadie menguara sus posibilidades. Ellos me miraban desde su silla, soltando alguna risilla de vez en cuando. Lo normal.

Al salir del edificio me invadió algo de desánimo y cierta curiosidad. ¿Por qué, siendo tan jóvenes, están preocupados por ese concepto de seguridad tan indefinido y tan irreal? Alguien debería decirles que lo único seguro es que hemos llegado aquí y que, en algún momento, nos iremos. Lo que pase en medio es, en su mayor parte, responsabilidad nuestra, y en absoluto seguro.

¿Cómo es posible que vivan con los ojos clavados en una pantalla abierta hacia millones de emprendedores que se ganan la vida de las maneras más variopintas, y se muestren absolutamente impermeables ante ellos? ¿Por qué les asusta más la ausencia de un sueldo fijo que el dedicarse a algo que se la trae al pairo? ¿Qué parte del engranaje familia-colegio-entorno ha devorado sus alas?

Tras mi charla, algunas de las chicas me contaron que les llamaban la atención algunas profesiones artísticas, pero que de eso no se podía vivir. Que el mundo laboral es algo muy complicado como para inventarse trabajos, y que los profesores les han dicho que se están jugando su futuro y hay que tomárselo en serio. Demasiado demencial todo como para dilucidarlo en una breve charla. No sabría por dónde empezar, aunque supongo que lo primero sería aclararles la diferencia entre «tomárselo en serio» y «ahogarte entre el conformismo y la infelicidad».

Les conté que, cuando quisieran, y con el permiso de sus padres, les presentaría a gente que vive de su creatividad. Les proporcioné cuentas de Instagram que cotillear para comprobar lo que da de sí la imaginación. Tienes el mundo en tus manos, ¿qué vas a hacer con él?

Al llegar a casa les pregunté a mis niños qué serían de mayores y dónde querían vivir.

—Yo futbolista y arquitecto, y viviré por todas partes, primero en Francia.

—Yo científico y militar. Me iré a Italia, por los coches y por las *pizzas*.

Respiré tranquila.

Mil deseos

Quiero mudar la piel cada día y sentir, cada mañana, que escribo mi historia desde cero. Hoy es otra oportunidad para soñar, otra vida. Quiero hacer cada noche un inventario de lo bueno y olvidarme de lo malo, porque no sirve, porque solo jode. Quiero pedirle al despertador que me recuerde constantemente ese para qué al que agarrarme y ser feliz.

Quiero pasar las Navidades frente a la chimenea, bajo la manta, viendo *Love actually* en bucle, oliendo a madera, rodeada de nieve y de gente que quiero mucho y con la que me río porque sí. Quiero hincharme a chocolate en tazas de borde grueso que compro en Nueva York. Quiero que Nueva York sea (aún más) parte de mi vida. Quiero pasar las Navidades en Nueva York, en bares de madera con luces maravillosas y villancicos americanos. Ir a mi puente de Central Park el primer día del año para recordarle que es mío y de nadie más. Y que soy suya. Y de nadie más. Quiero pasar las Navidades en México, cantando rancheras y con los tacos al pastor saliéndoseme por las orejas, con mis amigos ahogados en tequila y el espíritu de Frida poseyéndonos sin mesura.

Quiero hacer yoga todo el rato, que me den muchos masajes, sustituir los «tengo que» por los «quiero». Quiero que la belleza me rodee y que yo sea capaz de apreciarla, que me sorprenda cada día la magia que es esto de seguir vivo. Quiero, al mirar fotos antiguas, añorar aquella tersura, y sonreír porque hoy soy mucho más sabia: sé que la amistad, las risas y la sobrasada son lo único que realmente importa. Quiero tener cara de *palante* todo el rato. Quiero ir por la vida en plan «Lo hacemos y ya vemos».

Quiero ser más valiente, decidir, hacer borrón y cuenta nueva a cada minuto. Tachar a los que no, subrayar a los que sí. Ser mayúscula, divina, apabullante. Y quererme. Quererme como si no hubiera un mañana. Porque no sé si lo hay, aunque me gustaría. Quiero que la música, el cine y los libros me traguen, me envuelvan, me corroan. Quiero que me besen hasta marearme, revolcarme con tíos que estén buenísimos, pensar cien veces al día «porque yo lo valgo». Quiero salud, de la que se ve y de la que se siente. Quiero dinero para vivir como quiero vivir, para comprar experiencias, recuerdos, vivencias. Quiero estar sola y muy acompañada.

Quiero cantar en el karaoke hasta perder la voz, cenar con los amigos del cole, bailar hasta que amanezca, navegar por mi isla, ir a mil musicales, a mil conciertos. Quiero viajar mucho, sobre todo hacia adentro. Y también a Australia. Quiero recorrer en furgoneta las Highlands escocesas, ver mil castillos, visitar al monstruo del lago Ness. Y volver sin bragas por culpa de un pelirrojo. Voy a invadir Escandinavia, por los vikingos y por el *hygge*. Voy a perderme por Montmartre, a reenamorarme de Londres.

Quiero ir por la vida sabiendo que lo que tengo no son problemas, sino oportunidades para no cagarla a la próxima. No quiero perder ni un minuto quejándome, porque la queja es una mierda y no te lleva a ninguna parte. No pienso conformarme porque «esto ya me va bien».

No pararé hasta llegar, porque mirar el cielo está muy bien, pero yo prefiero tocarlo.

Nos basta

A ella le basta con dormir sola, en paz. Con cenar tranquila con sus amigas sin recibir quince llamadas en dos horas. A ella le basta con pensar que este verano pasaremos muchísimo tiempo juntas, sin niños. Aleluya. Nos basta con saber que volveremos a ser jóvenes durante un mes entero, que nos iremos de bares sin hora límite, como cuando estábamos en la carrera y recorríamos Barcelona en moto. Y conocíamos a tíos guapos en los semáforos y nos besábamos con tantos como nos diera tiempo en una noche.

Nos basta con tener la seguridad de que reiremos a carcajadas cada puto día, que se nos escapará el pis, que los lagrimones nos destrozarán el rímel. Que bailaremos hasta el amanecer y volveremos a su casa con los zapatos en la mano. Que, sin quitarnos nuestros vestidos noctámbulos, comeremos espaguetis directamente del táper, sin calentar, para después seguir bailando en el salón. Que al despertar nos lanzaremos a las calles para encontrar un *brunch* en el que ofrezcan *Bloody Mary*, que es divino para la resaca. Nos basta con que nos dé la medianoche sentadas en cualquier banco del camino entre su casa y la mía, charlando sobre lo divino y lo humano. Que comeremos *pizza* de una caja de cartón, en la calle, improvisadamente. Nos basta con pasar dos horas despidiéndonos en la puerta del metro porque, después de treinta años, no nos da la vida para contarnos todo lo importante, para planear todas nuestras empresas, para divagar sobre los miles de sueños que, sin duda, cumpliremos.

Sobre pellizcos en el alma, inspiración y Milena Busquets

El miércoles pasado, Milena Busquets presentaba en Madrid su último libro, un recopilatorio de artículos llamado *Hombres elegantes y otros artículos*. Milena Busquets es verdad, es ligera, es deslumbrantemente frívola, es inteligente. Posee una peculiar naturalidad extraelegante, es intensa y para nada dramática.

Me enamoré de sus letras con su segunda novela, *También esto pasará*. Fue uno de los tres libros que me acompañaron mientras escribí *Algún día no es un día de la semana*. Cada uno de ellos tenía un propósito claro: *Noches sin dormir*, de Elvira Lindo, me paseaba por Nueva York; *No me dejes*, de Máximo Huerta, me devolvía al fondo cuando aparecía mi tendencia de ir a la superficie; Milena era mi espejo, mis tripas, mi GPS.

Hay gente a la que admiras por lejana, por distante. No es el caso: Milena tiene mi edad, es de Barcelona, es madre de dos hijos, es soltera, pasa los veranos en esa Costa Brava en la que yo crecí, va en chanclas, va despeinada. Yo escribiría como Milena si fuera capaz.

Ella desgaja mis recovecos cuando escribe «a veces lo único que nos separa del desastre absoluto son unas uñas pintadas de rojo». Fija un norte cuando afirma: «A mí me gustan los tíos que me dan ganas de ser más lista de lo que soy. Normalmente me dan ganas de ser más tonta». Porque después de eso no hay duda de dónde debes colocarte ante tu próximo contrincante amoroso. Otra cosa es que decidas desviarte y joderte la vida.

Leerla me coloca en un lugar del que nunca debería moverme, al menos creativamente. Dos capas por debajo de la piel, donde no hay adornos. Donde las historias se me agolpan entre oreja y oreja. Las mías y las de otros, y las que no existen, pero quiero que existan. Me siento en la silla correcta para contemplar la realidad y también para contarla. Vuelvo a enamorarme de todos mis novios. Me siento con mi uniforme en el pupitre del colegio, huelo las mimosas del enorme patio y abrazo a mis amiguitas. Soy mejor madre. Estoy más triste y soy inmensamente feliz. No me queda más remedio que contarme las verdades, aunque me jodan, precisamente porque joden. Se me sale la vida por las orejas.

El caso, y volviendo al momento de la presentación de su libro, es que mi admirada escritora y yo nos seguíamos en las redes hacía años. En una ocasión me envió un mensaje: «Cuando vengas por Barcelona tomemos un café». Al borde del colapso me quedé. Cuando admiro, admiro salvajemente. Ella desapareció del mundo virtual. Contó en la presentación que algunos la insultaban y decidió que aquel no era su lugar. Cabrones asquerosos (esto lo digo yo, no ella). Cuando terminó su charla, me acerqué para que me firmara el libro. «Mujer, por fin nos conocemos», dijo Milena. Y yo sentí cómo se me saltaban los ojos de las órbitas y el corazón de como se llame el sitio donde se ubica. Y charlamos un ratito. Y me dijo que quería leerme, y yo le regalé mi libro, y le marqué las páginas en las que la menciono a ella y a su madre. Y salí de aquella librería con una emoción tan bestia que hasta me pesaba. Mientras caminaba, resolví lo suertuda que soy por entusiasmarme tanto ante sus letras, por disfrutar como una majara con algunas voces, por el cariño inmenso hacia mis amigos e, incluso, por esas cicatrices que dejaron en mí algunos arañazos.

Hay gente que te pellizca el alma sin saberlo, que enciende la mecha de eso que quieres ser, que es el después de un antes insulso. Amémoslos sin mesura.

Lugares sagrados

Me contaba hoy un amigo que se fue con su amante, o con su novio, o con su lo que sea, a su ciudad favorita. Podría ser París, o Londres, o Roma, qué más da. Le enseñó Su Lugar Favorito para desayunar, Su Lugar Favorito para comer, Su Lugar Favorito para sentarse y contemplar la vida de esa maravillosa urbe.

Regresaron de Su Lugar Sagrado y ese *loquesea* abandonó a mi amigo (por no decir que le dio largas, lo mareó, para luego desaparecer sin decir ni mu). El *loquesea* (ahora conocido como el Cabronazo), al cabo de unos días, volvió a Londres, o a Roma, o donde fuera, con otra persona, a la que le mostró todos esos Lugares Favoritos que le había robado a mi amigo. Lo sabemos porque Instagram es muy perro. Qué horror comprobar que has compartido tus templos con semejante bicharraco. Él le regaló, craso error, Su Lugar en el Mundo. Todos tenemos uno, o deberíamos tenerlo.

El mío, no es ningún secreto, es Nueva York. No sé por qué. Quizás en otra vida fui un pato de Central Park. El caso es que Nueva York es mío, y de nadie más. No lo comparto. He ido con amigos, allí tengo a mis Golondrinas, pero sigue siendo mío. No amantes, no novios, no ningún *loquesea*. Allí soy más yo que en ningún otro sitio. Es más, a veces pienso que solo allí soy YO. No podría soportar que alguien dejara las huellas de sus manazas en los recuerdos de Mi Ciudad.

No comparto muchas otras cosas.

No comparto mi Cola-Cao de la mañana, ni el de la noche. Me levanto diez minutos antes que mis hijos para tomarlo en silencio, mientras miro por la ventana cómo Madrid amanece. Por la noche, nada más apagar la luz de su habitación, me lanzo a por mi taza de Fish Eddy llena de cacao del bueno.

No comparto mis visitas a los cines Verdi, el Crunch que me zampo viendo esa película de la que no hablaré con nadie al salir de allí, ya de noche (porque solo voy a los Verdi de noche), mientras camino hasta mi casa y contemplo a los jovenzuelos que empiezan su periplo nocturno cuando yo ya tengo un pie en la cama (con lo que yo he sido, joder).

No comparto mis paseos matinales por la playa de Mi Isla, al amanecer, ni mi primer desayuno frente al mar.

No comparto tantos textos que nunca verán la luz (creo) porque a nadie le importa lo que yo no quiero contar.

Egoísta me han llamado a veces, y yo, que me analizo hasta la saciedad (y hasta el ridículo), me voy corriendo a la RAE, que me cuenta que:

egoísmo

Del lat. ego 'yo' e -ismo.

1. m. Inmoderado y excesivo amor a sí mismo, que hace atender desmedidamente al propio interés, sin cuidarse del de los demás.

Y me digo que nunca me querré excesivamente (más quisiera), que los Lugares Sagrados no tienen nada que ver ni con el interés, ni con los demás, ni mucho menos con la RAE.

Hay Lugares que no deberíamos compartir con nadie porque serían como esos deseos que, al contarlos, nunca se cumplirán. Como explotar una pompa de jabón. Como despertarse de un sueño irrepetible.

Mi amigo ya ha aprendido. No lo haré nunca más, me dice. Ahora tendrá que buscar otro Lugar.

Suerte, querido mío.

SOMOS FABULOSAS: EL MANTRA

Cómo autoquererse: guía práctica

Vaya por delante que aquí la menda no es psicóloga, pero ante vuestras peticiones, voy a contar lo que he aprendido a mis cuarenta y cinco castañas sobre el autoamor.

Lo primero: esto no es pan comido, como casi nada en la vida. Requiere de voluntad, de esfuerzo y de constancia. Es lo que hay, chatas. Lo segundo: esto depende de ti y de nadie más.

Sabes que te quieres poco porque te sientes inferior al resto. A todo el resto. Ellos son mejores que tú, por eso vives en la desmotivación absoluta. Qué pereza todo. Total, para qué. A mí que no me llamen.

No acabas lo que empiezas. Le tienes un miedo impresionante al fracaso. Eres fea y tonta. Fea y tonta de cojones. No dices lo que opinas por miedo a lo que los demás piensen de ti. Crees que no has hecho nada útil en tu puta vida. Ni lo harás. No tomas una decisión así te maten. Resumiendo: tienes una autoestima de mierda. Y eso no puede ser.

No es por meterte prisa, pero mientras esperas a que llegue ese verano ideal lleno de palmeras en el que tus problemas se disolverán por arte de magia, la vida pasa. Y, sorpresa, cada día en la inactividad es un día perdido. Si piensas que una buena mañana llegarás a un lugar llamado Felicidad así porque sí, lo llevas clarinete. El mambo, que ya lo decía Lorca, está en el camino. Luego lo cantó Serrat.

Aclaremos que pocas tienen la cara de Charlize Theron y el cuerpo de la Bündchen, pero es que resulta que lo de quererse no tiene nada que ver ni con el jeto, ni con el culo, ni con la pasta. Gracias a Dios, por otra parte. Esto va de aceptar lo que no puedes cambiar y mejorar en la medida de lo posible. Los muy espirituales dirían aquí que lo que importa es el interior. Vamos a ver, que sí, pero que unos buenos morros rojos y la eliminación de las puñeteras raíces igual ayudan a que te veas más guapa, te sientas mejor y te quieras más. Así que, venga, a la perfumería. Lo más rojo que haya.

Las comparaciones con el resto de la humanidad sirven de poco, mejor tomas como referencia tu yo de hoy e intentas que la de mañana sea mejor. ¿Y qué es una yo mejor? Pues esa que toma una decisión, que se atreve a hablar, a exponer su opinión. Cada día una cosa, siete en una semana, treinta en un mes. Créeme que a una se le aceleran las ganas de ser la hostia, cuando comprueba que abre el pico e, increíblemente, el planeta no se detiene y nadie muere. No busques la aprobación de los demás. Tu valía no depende de ellos. Lo bueno no es conseguirlo, que también, sino intentarlo. La gente es libre de opinar, pero eso no significa que deba afectarte. Sus juicios tienen que ver con ellos, con sus mochilas, con sus traumas, no contigo.

Que te importe lo que piensan los que te importan.

Aquí no hemos venido a ser perfectos (signifique lo que signifique eso), sino felices. Ten claro que tienes derecho, que eres capaz, que hay una habilidad que es solo tuya. Compra experiencias que nadie te pueda robar, porque los bolsos pasan de moda, pero los recuerdos no. Disfruta de lo tuyo (de tus canciones, de tus películas, de tus amigos, de tus jabones que huelen bien) sin pensar en lo que tienen los demás. Autoquererte tiene que ver con cómo te sientes contigo, la palabra *ELLOS* no entra en su definición. En alguna parte del mundo hay alguien con la autoestima hinchada dispuesto a hacerte añicos para sentirse aún más superior: no le dejes. A la mierda. A la mierda directo.

Tú no eres tus miedos: ciérrales la puerta y quédate fuera, que hay mucho mundo esperando a ser conquistado. Pregúntate los porqués de eso que te paraliza. Busca el nudo y lo encontrarás. Ten claro que el vocablo *fracaso* lo inventó alguien con pocos cojones y muchas excusas. La culpa es inútil. Perdónate todo el rato. Camina mucho, piensa, come algo rico y que te siente bien.

Tu vida es solo tuya. Celébrala.

¿La Fabulosa nace o se hace?

Ser Fabulosa es sacudirse la culpa, deshacerse de los estereotipos, saberse imperfecta y llevarlo maravillosamente, desmelenarse, buscar la felicidad, satisfacer tus necesidades y no siempre las de los demás, pegar un hostión en la mesa de vez en cuando, no dar explicaciones a quien no procede, y así podría seguir hasta la eternidad. Porque las cualidades de las Fabulosas son infinitas, gigantescas, demoledoras.

La Fabulosa, resumiendo, se quiere MOGOLLÓN.

Ahora que tenemos el concepto claro, vayamos al siguiente punto: ¿las Fabulosas nacemos o nos hacemos?

La duda surgió el sábado, en una reunión piscinera entre amigas recientes:

—Oye, que he cotilleado tu Facebook y tus coleguis son MUY Fabulosas.

—Sí, y no lo eran tanto, pero la vida las ha pegado un buen meneíto y ahí están, Fabulosas perdidas.

Me quedé yo meditabunda tras esa afirmación. Pensé en la que me lo contaba (que si es más divina, la palma), en mis amigas, en tantas mujeres que, ante la disyuntiva de dejarse llevar o tomar las riendas de su vida, eligieron lo segundo. Se tiraron de cabeza sobre las complicaciones, sobre la opción menos cómoda, sobre la lucha encarnizada. Tras algún tiempo sumidas en una vorágine que no habían elegido, ahora son Fabulosas perdidas.

Las hay que nacen Fabulosas y lo saben desde siempre, las hay que se enteran tarde. A otras hay que agarrarlas de la solapa y zarandearlas de lo lindo, a ver si espabilan. Pero siempre puedes transformarte en Fabulosa. NUNCA ES TARDE; es más, cuanto mayor eres, más Fabulosa te sientes, O DEBERÍAS.

Quizás estás leyendo esto y pienses: «Yo, de Fabulosa, NADA». Pues para ti este artículo, querida, porque las otras ya están en ello. Tenlo claro, hay que esforzarse: el Fabulosismo no cae del cielo. Es necesario buscarlo y, a veces, te lo pone difícil, el muy cabrón. Se esconde tras toneladas de trabajo, de preocupaciones, de decepciones, de hostias a tu autoestima, de un agotamiento tan grande que no te deja espacio mental para mirarte y, sobre todo, PARA VERTE. ¿Cuántas veces has pensado: «Mira que esta tía es Fabulosa, tan lista, tan mona, tan capaz»? Y ¿cuándo fue la última vez que pensaste lo mismo de la que ves en el espejo?

PUES ESO. Al tajo, bonita.

Porque la edad conlleva putadas tales como la flacidez, pero debería aportarte una dosis de pasotismo maravilloso. La experiencia, los tropezones con las mismas piedras, una, dos, y quinientas diez veces acaban enseñándote que, como no te cuides tú, lo llevas clarinete, chata. Que nada es TAN grave. Esto va no de aptitud, sino de ACTITUD. Va de recordar que EXISTES, QUE ERES IMPORTANTE, que hay que currarse la chispa de la vida porque la que venía de serie se acabó hace tiempo. Que tienes que hacer cosas por primera vez y que cada día te espera la ilusión por algo que solo tú puedes imaginar. Algunas ideas (por si andas escasa):

- Píntate los morros de rojo, disimulan las ojeras (te lo digo yo).

- Cómprate ese perfume que te encanta, que te da ganas de comerte a ti misma.
- Escucha aquella canción de tus dieciocho que te recuerda que volverás a bailar como las locas, cuando tú así lo decidas.
- Baila como las locas.
- Vete al cine, sola o acompañada, qué más da.
- Cómete ese helado que te gusta.
- Date una ducha larga, con ese jabón que huele a gloria.
- Cómprate unas bragas preciosas, tu toto bien lo vale.
- Camina mucho, piensa en ti mientras lo haces. En nadie más. EN NADIE MÁS.

Para bien o para mal, el sentirte ser Fabulosa depende de ti, querida mía. Así que empieza ya.

Recuerda que «algún día» no es un día de la semana, que la vida es de los valientes y que más vale arrepentirse de lo hecho.

En qué piensan las mujeres

En qué piensan las mujeres es el título de una peli bastante chorras de Mel Gibson y Helen Hunt. En ella, una descarga eléctrica dotaba a Mel del superpoder de leer la mente de las mujeres, y el pobre se volvía majara con tanta información, claro. No me extraña porque, al menos a mí, se me acumula constantemente una de pensamientos simultáneos, contradictorios y redundantes que no es normal.

La lavadora no para. Y dale, y venga, y toma.

Le damos al seso sin orden ni concierto.

Pienso tan rápido y tan caóticamente que ni sé lo que pienso, pero creo que sería algo así:

7:45. Levántate, Sol, que luego vas de culo. No, quédate un poquito más en la piltra, que por cinco minutos no pasa nada. No, levántate ya y te tomas el Cola-Cao tranquilamente. ¿Y si desayunas con los nenes? Ya lo has probado, tonta del culo. La lían parda, discutís, te pones del hígado. Levántate ya y desayuna tranquila. Nosínosí. Venga. Va. ARRIBA. No hagas ruido que se despiertan y se te jode el momento zen. Tengo pis, ¿y si se despiertan con el chorro? Mea, que luego te da cistitis. ¡HOSTIAS! Vaya jeto, hija mía, más te valía mear a oscuras para no verte en el espejo. Qué ojeras, qué bolsas, a los veinte esto no te pasaba. A los veinte no te pasaba NADA. Vaya pelos, pareces un personaje de Tim Burton. Tengo que ir a la pelu, mañana, no puedo, pasado, no puedo, al otro, tampoco. ¡Joder! Se me olvidó poner el lavaplatos anoche, friega taza, la de Fish Eddy, que me gusta más. Qué bueno está el Cola-Cao, qué bueno está el Cola-Cao, qué bueno está el Cola-Cao. ¿Engorda?

¿Yyyyyyyyy? No me da igual, pero me lo pienso beber, así que mejor ni saber la de azúcar y calorías que estoy ingiriendo. Qué bonito Madrid, mira cómo amanece. Mira esa que va a trabajar. Mira el portero de enfrente, cómo saca los contenedores. ¿Qué hace? ¿Por qué lo coge en volandas? ¡Cerdo cabrón! ¿Pero por qué echa la basura en el hueco del árbol? Con razón está sucia la calle. Mamón de mierda, hijo de puta, voy a grabarlo. El teléfono está en la habitación, mierda. Luego lo denuncio. Qué ascazo de tío. Cómo agradezco que las monjas nos castigaran a recoger TODOS los papeles del patio si nos veían tirar uno al suelo. De no ser por mis monjas, ¿sería yo tan cerda como ese tío asqueroso? No creo. No sé. Luego llamo al ayuntamiento y denuncio. Qué bueno estaba el Cola-Cao. ¿Me ducho primero o despierto ya a los niños? Si les despierto, igual se pelean y me joden el momento relax. Si no les despierto y les da por ir lentos, la tenemos fijo. Despiértalos ya. No, sí. No. SÍ.

—Buenos días, pollos. A desayunaaaaaar.

8:00. Debería exfoliarme la cara. No tengo ganas. Mira qué piel, nena. Hazlo. Paso. Mañana. Chata, has cogido unos kilitos. ¿Por qué pondría ese espejo tan enorme frente a la ducha? Tienes que hacer deporte. Mañana empiezo. Ya sabes que mañana no vas a empezar. Haré yoga. Veremos. Se me caen las tetas. Los brazos, LOS PUTOS BRAZOS. Cierra la mampara de una puta vez y deja de mirarte. Que no se te olvide meter la agenda en la mochila, que no se te olvide meter la comida en la mochila, coger el monedero, pilla los cascos que ayer se te olvidaron y no pudiste escuchar música. La comida sobre todo, que si no te comerás cualquier mierda del bar de abajo y luego te quejas de kilos. Esta tarde tienen fútbol los nenes, luego repaso, a ver cómo se portan. Si vuelven a liarla parda, los borro. No, no puedo, lo suspenderían todo. Tengo que comprar forro para aquel libro. Nena, relax, siente el agua. ¿Me he puesto el suavizante en el pelo? Sí. Ay, coño, que no llamé ayer a Bea por su cumple, mierda de amiga soy. Por Dios, vaya pelánganos tienes en las piernas. ¿Cuánto llevabas sin mirártelas? Por no hablar del felpudo. Vale que no te lo ve nadie últimamente, pero tía, por dignidad. #PotorroDignidad. Poda eso, POR DIOS. Descongela pescado para la cena, tienes que comprar pepinos. Nena, deja de pensar, siente el agua calentita. Qué sueño tengo. Échate hidratante, no que me da rabia que la ropa se me pegue, me la echo esta noche. Luego se te olvida, que no se me olvida. Hoy no. No me da tiempo a peinarme como es debido. Pon cabeza *pabajo* y difusor. ¿Habrán terminado de desayunar los niños?

—Niños, ¿cómo vais? ¿Habéis terminado?

No han terminado, joder. Un batido, una mandarina y unas galletas, veinte minutos. La madre que los parió.

—Terminad ya, PERO YA.

8:20. Debería mandarles al cole en pijama. Te dirían que eres una salvaje, una mala madre. Quizás lo soy. O no. Les estoy enseñando que la vida no va de tardar tres horas en desayunar. Igual sí deberíamos tardar tres horas. Igual soy una estresada de mierda y se lo voy a pegar a mis vástagos. Vaya pelos. Píntate un poco, ponte pintalabios rojo, que disimula las ojeras, Y el rímel, que si no pareces una muerta. A los veinte podía salir a la calle sin maquillarme, a los veinte podía salir como fuera. Hay que ver, cómo es el corrector de ojeras de Mac, qué buena cara, así de repente. Pero en dos horas lo habré absorbido. La ojera lo absorbe TODO, es como el triángulo de las Bermudas. ¿Pero por qué estoy tan cansada? Serán los estrógenos, que los tengo fatal, o igual es que no paro. A los veinte tampoco paraba y no estaba así. A los veinte siempre estaba estupenda.

—¿Os habéis cepillado los dientes? La cara, que no se os olvide lavárosla.

8:30. Cada puto día lo mismo, o les reviso la piñata y aún tienen trozos de galleta o descubro que tienen los ojos llenos de lagañas bajando en el ascensor. ¿Se acabará algún día este coñazo?, ¿aprenderán que son sus dientes, que son sus ojos, su caraaaaaaaa? A ver si me da tiempo a comprarme fruta antes de ir al cole. No me dará. Nunca me da. Ay, qué cansancio. ¿Cuántas horas quedan para que me acueste otra vez? Coño, cómo ha encogido este pantalón, igual que el que me puse ayer. La lavadora, que debe lavar en caliente aunque yo no se lo diga. Hay que ver.

No hay tiempo de buscar otro que no esté encogido. Te desabrochas el botón de arriba cuando te sientes, y ya. Es tristísimo, sí, pero es lo que hay. Igual no es la lavadora y son también los estrógenos. Puta menopausia. PUTA MENOPAUSIA. Se me salen las tetas del sujetador. Eso no es por la lavadora… A ver: agenda, comida, te has puesto los zapatos, lo tengo todo.

—Nos vamos. ¿Estáis listos?

8:45. Y si no lo están, se van tal cual. Qué guapos están con el uniforme. Y qué flacos, con lo que zampan. ¿Le he dejado dinero a la chica de la limpieza? Sí. ¿Me da tiempo a comprar fruta? Pues no, qué chorradas me planteo. La luz del ascensor es MUY HIJA DE PUTA. Estoy entre amarilla y amoratada. Huy, hoy hace más fresquito que ayer. ¿Les tendría que haber abrigado más? No, que luego hará calor y si sudan es peor. Yo llevo mal jeto, pero me consuela ver que las otras madres van igual o peor. Mal de muchos… Cada mañana la misma peregrinación calle arriba hasta el colegio. Con lo poco que me gusta a mí hacer cada día lo mismo. Al menos este colegio está al lado de casa, no como el anterior. Vamos a alegrarnos, que esto es mucho mejor que levantarse a las seis de la mañana como el año pasado. ¿Me compro un bocata para el desayuno o un cruasán? Los pantalones, chocho, los pantalones, que no te caben.

8:50. Cinco minutos en llegar al cole. Qué maravilla. Qué lista soy a veces. Qué buen cambio.

Y esto, señoras, son solo los primeros sesenta y cinco minutos del día. Menos de una décima parte del tiempo que paso despierta. Y luego me pregunto yo que de dónde sale este «no puedo con mi vida». Por el amor de Dos, echadme una manita. ¿Os pasa a vosotras lo mismo? ¿Habéis encontrado solución? Una cosa os voy a decir… Que igual estáis con el coco en modo centrifugado todo el día y ni os dais cuenta, que era lo que me pasaba a mí. Ahora sigo como las locas, pero, al menos, lo sé, que ya es algo.

Solteras, monoparentales, parejas sin hijos y otros bichos extraterrestres

Hay gente muy cansina. A mí me tocan las narices especialmente esas personas que demuestran interés exacerbado sobre las vidas ajenas. Y no hablo de los amigos, cuya preocupación está justificada, sino de los que buscan en las existencias de los demás una excusa para demostrar que las suyas son inmejorables.

Les decía el otro día a unas amigas que, en estos tiempos, todavía algunas opciones como la soltería o la maternidad en soledad se consideran extrañas.

—Qué va, mujer, hoy en día ya tenemos la mente muy abierta. Es normalísimo. Todo válido. Viva la opción. Cada uno que haga lo que quiera.

Las capas, los sayos, su tía Rita.

Queridas mías, que estáis casadas y tenéis hijos como Dios manda, vuestras afirmaciones son como las de los blancos cuando afirman que no hay racismo o las de los hombres cuando cuentan que no ven el machismo por ningún lado. Si no lo sufres es muy probable que no te enteres. Normal.

¿A ti te han preguntado alguna vez por qué tienes pareja o por qué decidiste tener hijos con alguien?

Ya te digo yo que no. Pues no hay mes, desde que cumplí los veinticinco, en el que yo me libre del interrogatorio. Mi vida es eso que sucede entre un «¿Por qué no tienes pareja?» y el siguiente. Desde que soy madre, pasa lo mismo con el «¿Y por qué decidiste ser madre soltera?».

Lo mismo sufren las que tienen pareja y no viven con ella o decidieron no tener hijos.

Por si a alguien le cuesta ponerse en nuestro pellejo, imaginaos que os preguntaran constantemente: ¿Por qué te duchas cada día? ¿Por qué te vistes? ¿Por qué hablas por teléfono? Probablemente no sabrías qué contestar. Así de patidifusa me quedo yo, semana sí, semana también.

La cosa está clara: *lo normal* es tener pareja/vivir con ella/tener descendencia. Y si te desvías debe haber una razón de peso, que va desde una ruptura traumática que te dejó tan *pallá* que no quieres volver a saber de los hombres (o de las mujeres), hasta una esterilidad de lo más triste, o cualquier otro dramón. Lo de que esta es mi opción de vida no es suficiente.

La curiosidad responde a la creencia de que me salgo del camino establecido. Y está tan arraigado que ni os dais cuenta, chatines. Se busca justificación, explicación, la razón de tan extraña conducta. Porque es muy bonito compartir la vida, porque si te gusta mucho alguien quieres vivir con él, porque los hijos son una bendición de Dios.

Verdades absolutas. Y absolutistas.

—¿Tú te has enamorado alguna vez? —me preguntaba una amiga del cole en nuestra última cena.

—Claro, un par —deben ser pocas para mis cuarenta y cinco primaveras, a juzgar por las miradas que me echaron—, pero nunca he querido tener pareja.

—No se puede ser tan racional en esta vida —espetó mi compi.

Soy una mujer de hielo, una tía cerebral a tope. Llamad a los de *National Geographic* y que me analicen, porque esto muy normal no es.

No vamos a entrar en la irracionalidad del amor, ni en el archifamoso «Lo del amor no lo eliges tú». Yo a Cupido lo metí hace tiempo en el mismo cajón que a los Reyes Magos, perdonen ustedes. Tampoco voy a regodearme en el hecho de que estar con según quién es tremendamente incomprensible. Lo de cuántas parejas se han fraguado sobre los cimientos del que no sabe estar solo también es otra historia de terror que tela.

Pero a lo que íbamos, hay algunos que no solamente cotillean, también se enfadan, se ofenden ante esta cosa nuestra de vivir la vida como nos sale del arco del triunfo. Porque no lo entienden. Y es que no hay NADA que entender. Yo nací solita, sin pareja y así me he quedado.

Lo peligroso de esas creencias, que están tan arraigadas que incluso pasan desapercibidas, es que a algunos les joden la vida entera. De ahí los miedos a estar solos, a las relaciones disfuncionales a las que se agarran cuales clavos ardiendo, porque ay, si te sales de la normalidad. Fracasado. Raro. Egoísta.

Respetar la libertad del de enfrente no consiste solo en aceptar su modo de vida sin criticarlo, sino en saber que no hay nada que juzgar ni que entender. Tampoco hay nada que preguntar.

Feliz cumpleaños, querida yo

Ayer cumplí 45 años.

Yo, que siempre fui muy gilipollas para estas (y para tantas) cosas, entro en pánico cada vez que se acerca la fecha. Si son números redondos y la decena es mayor de 2, ya ni os cuento. Previendo la catástrofe decidí huir, tomar distancia, ser durante unos días otra yo: una sin edad, ni responsabilidades, ni rutina. Y cogí un avión rumbo a un lugar lejano que siento muy cerca, porque los buenos amigos (y la bendita tecnología) consiguen que 9.000 kilómetros no sean nada, que la distancia no sea el olvido y que la vida que ellos tienen allí aquí sea también un poquito mía.

Qué gran decisión, queridas. Porque solo arreándole una patada a la rueda de hámster una vuelve a ser UNA. Solo así puedes sumergirte en eso que eres y no pasar por encima cual lancha motora. He descubierto más cosas sobre mí misma en tres días de maravilloso exilio que en un año de túrmix vital.

He recordado lo que me fascinan los desayunos tranquilos, los paseos, los silencios cómodos; que me manejo tremendamente bien durmiendo cuatro horas cuando lo agradable me rodea; que nunca encontraré palabras para describir lo inmensos son mis amigos, lo bien que me quieren, lo salvajemente ilimitado de nuestro amor.

Me he dado cuenta de que, sin quererlo y gracias a Dios, hace tiempo que me afeité la lengua y vacié el tintero. He puntuado unas cuantas íes, he tachado a algunos y he subrayado a otros. JAMÁS dejaré de cometer locuras por ver a Mi Cantante Favorito, por visitar Mi Lugar en el

Mundo, por comerme la vida hasta empacharme y luego volver a empezar.

Sé, aunque a veces se me olvide, que aún soy capaz de llorar de emoción escuchando una voz, leyendo una frase; que se me erizan los vellos contemplando *La noche estrellada* de Van Gogh, que las mariposas estomacales andan por ahí, esperando que la ocasión lo merezca.

Tengo claro que la vida es más vida desde que decidí escribirla. Y, desde luego, que nunca dejaré de hacerlo. Porque me quedan muchos rincones que explorar aquí dentro, muchas Sofías que regalaros, tantísimo que seguir agradeciéndoos.

Nada me devolverá mis veinte, ni mis treinta, ni el día de ayer, en el que me prepararon sorpresas que ni en el mejor de mis sueños aparecerían y en el que toqué con estas manitas la verdadera felicidad, pero tengo la absoluta seguridad de que lo que está por venir será aún más fascinante.

La vida siempre lo es.

Carta a mi Yo del futuro

Acabo de leer que un hombre enterró en Sídney una cápsula del tiempo hace veinte años y la encontraron la semana pasada. En ella, jugaba a las predicciones y, la verdad, no se ha equivocado demasiado. Si es que a veces no es tan difícil adivinar lo que va a pasar sabiendo lo que ya ha pasado.

Visto lo visto, se me ha ocurrido escribirle una cartita a mi Yo del 2037, para comprobar si soy tan lista como el australiano. En lugar de enterrarla, la dejaré aquí publicada y así la comparto con vosotras, que me parece mucho más divertido. Vamos allá:

> *Querida Yo del futuro:*
>
> *Ahora eres Fabulosa, pero cuando abras esta carta, NI TE CUENTO.*
>
> *Me apuesto lo que quieras a que ya sabes identificar tu estado de ánimo a la perfección. Has sustituido el «Estoy hasta las pelotas de todo y de todos» por un sosegado «Me siento frustrada» o «Me has decepcionado». Ni que decir tiene que es imposible que sueltes esas lindezas sin ir perfectamente peinada y con la* manipedi *impoluta. Sí, es difícil de imaginar ahora, pero sé que lo vas a conseguir.*
>
> *Has aprendido a adaptarte, ya no te das cabezazos contra la pared a todas horas. Eres una balsa de aceite, el junco del Dúo Dinámico, el agua de Bruce Lee.*
>
> *Al cumplir los cuarenta y cinco te sentiste demasiado mayor, el óvalo facial se te iba a tomar por el* jander, *las canas se multiplicaron por diez, te entraron las prisas por vivir,*

llegabas tarde a tantos sitios que no sabías ni cuáles eran… Ahora has cumplido sesenta y cinco, te quedan tres pelos castaños, no tienes prisa alguna porque las metas son cosa de tu imaginación. Ah, y te ves GUAPÉRRIMA.

Sabes, desde hace ya un tiempo, cuáles son tus puntos fuertes y débiles, TIENES CLARO QUIÉN ERES, *así que no te metes en camisa de once varas. Lo mismo te pasa con las personas y las situaciones: no te acercas a las que te sacan de quicio. Porque no hay sensación más asquerosa que la de «Pero si lo sabía, ¿qué coño hago* AQUÍ *y con* ESTE*?». Los tóxicos no se te acercan y dejan mogollón de tiempo para todos los maravillosos que te rodean, que son muchos.*

Eres empática, lo cual no quiere decir soportes mochilas ajenas. Comprender no es cargar.

Dices que no en plan salvaje a todo lo que te aparta de tu camino. Gritas SÍ *a eso que te sitúa en tu frecuencia y te hace feliz. Das las gracias constantemente porque eres una tía muy afortunada: estás sana, tus hijos son lo más, tienes unos amigos cojonudos, te dedicas a lo que te gusta. Estás en forma porque haces deporte y, aleluya, comes como Dios manda. Has escrito varias novelas de éxito y tus lectoras siguen descojonadas con tus artículos. Te quieres, te cuidas. No se puede pedir más.*

Has desterrado de tu vocabulario y tu sesera la palabra rencor. *Porque te has dado cuenta de que andar cabreada como una mona no sirve de nada. No les jodes a ellos, sino a ti. Y de qué manera.*

También te has perdonado a ti misma por lo pasado y por lo futuro, porque si no dejas que nadie te juzgue, qué coño hacías juzgándote tú. Ya no pierdes el tiempo con esas conversaciones mentales ridículas sobre lo que te amarga la vida. Las sustituyes por ideas que te ilusionan, porque la ilusión es lo que diferencia a los vivos de los supervivientes.

Llevas muchas cagadas a tus espaldas y has aprendido de ellas. Que no te afecten no quiere decir que las olvides, porque las hostias contra la misma piedra una vez, y otra y OTRA, son la mierda. Con una ya nos basta.

Desconectas el teléfono, apagas el ordenador, miras al techo durante horas sin sentirte mal. He comido demasiado. Tengo la casa desordenada. Me he gastado una pasta. A la mierda. Ni te acuerdas de lo que significa la maldita culpa.

La de energía que ahorras y todo lo que haces con ella, madredelamorhermoso.

Que seas Fabulosa no quiere decir, ni mucho menos, que seas perfecta, ni falta que hace. Por fin te has dado cuenta. Ya no te comparas con nadie, *ni te sientes fracasada. Ya no te rindes, ya no te arrastras, solo fluyes a tutiplén. Aquellas sequías sexuales* de la cuarentena han quedado en el pasado: te ponen fina, FILIPINA. Ah, por supuesto no te *marean* desde hace décadas.

Tus hijos son personas cabales y, sobre todo, felices. Tanto esfuerzo valió la pena. Quizás hubo mucha bronca innecesaria. O no, quién sabe. Lo hecho, hecho está. Lo más importante que les has enseñado es que nadie vivirá su vida por ellos, que su libertad es suya y de nadie más, que el respeto a los demás y a uno mismo está por encima de todo.

Lo mejor no está siempre más arriba, ni pesa más, ni es más rápido, pero sí está siempre por llegar.

Y ahora sin más, querida Yo del futuro, me despido de ti deseándote una (incluso más) feliz existencia.

Nos vemos muy pronto.

Firmado:

Tu Yo del 2017.

"El futuro pertenece a quienes creen en la belleza de sus sueños"

Eleanor Roosevelt

Lo que nos jode a las mujeres

De un tiempo a esta parte estoy convencida de que la inmensa mayoría de nuestras jodiendas se pueden englobar en dos categorías:

- Las (malas) relaciones sentimentales.
- El miedo a lo que pensarán de nosotras.

Dentro de esas dos caben casi todas las demás mierdas que nos quitan el sueño: el miedo a la soledad; la presión por ser madre, por no ser buena madre; el sufrimiento por las rupturas; que si me marean, que si no; no me divorcio porque le temo al abismo posterior, porque sería un fracaso horroroso, porque mis hijos lo pasarían mucho peor que viendo que sus padres conviven, pero no se soportan.

Que si estoy fea, que tengo las tetas grandes o demasiado pequeñas, y soy mayor o gorda; que no me gusta mi trabajo, pero aquí me quedo porque si me voy a recorrer el mundo soy una insensata; que mis padres me dan la lata lo más grande, pero mi obligación es aguantar porque, de lo contrario, soy una mala perra.

Y podríamos seguir hasta el infinito.

En cuanto a las relaciones sentimentales, mal vamos cuando ni los cimientos están bien colocados. Si no te autoquieres de una manera salvaje, cómo coño vas a decidir bien. Si no te valoras, no te valorará el de enfrente, y de ahí al cataclismo emocional. Una y otra vez. Día de la marmota por los siglos de los siglos. Que si tengo mala suerte, que si siempre me tocan los tarados, hay que ver lo mal que me trata la vida. La vida te trata como dejas que te trate. Chimpún.

El segundo tema, el del asqueroso qué dirán es aún más peligroso, creo yo. Porque quizás escuece menos, pero jode mucho más. La preocupación por lo que piensa de ti gente de la que no conoces ni el nombre se pega en el esternón, te ahoga y te limita. Te amputa, te paraliza, te convierte en la mitad de lo que podrías ser. Acabas viviendo la vida de otros, sin tener ni idea de lo que de verdad te mueve, o debería moverte.

No eres capaz de recordar qué te encendía de verdad, lo que querías ser cuando aún te ilusionabas, porque llevas tanto tiempo sometida a las opiniones del vecindario, de las madres del cole, de tu pareja, de tu familia, que lo que fuiste se ha ido diluyendo, y ahora eres un ente informe que se adapta a todo sin cuestionar nada. Porque, no te engañes, querida, aceptación y conformismo no son lo mismo, sino, a veces, todo lo contrario. Créeme, ahí afuera tienes un mundo enorme esperándote, lleno de gente interesante que no juzga, de bares donde bailar, de karaokes donde dejarte la garganta desafinando como la *animala* que eres.

Porque, si no haces daño a nadie, ¿a quién le importa si llevas el pelo rosa, si bajas al súper en pijama, si te echas un novio veinte años más joven que tú, si te cepillas a tres bigardos cada semana, si el escote te llega al ombligo, si dejas a tus hijos con su santo padre para pasar una semana con tus amigas descojonada de la risa? Porque de todos es sabido que donde no llega un Lexatín llegan las carcajadas. ¿Qué pasa si te gastas tu dinero en infinidad de masajes, de potingues, de zapatos, en lo que te salga del mismísimo?

Hay quién se ofenderá porque tú seas feliz, porque te niegas a entrar en la jaula del estereotipo. No pidas perdón, no te justifiques, no les des un poder que no tienen.

Ayer salí a cenar y hoy no puedo con mi vida

Sí, amiguis, sí. A CENAR.

Sin beber, que soy abstemia. Sin salir.

Solo a cenar.

Estaba en casa a la una y poco.

Todo muy comedido, muy de madre, muy de tía de cuarenta y tres, por echarme encima todos los estereotipos. Nada que, en principio, fuera escandaloso o dañino.

Pues menos mal, porque estoy hecha una mierda.

Es verdad que, cuando anoche salí de casa, ya estaba muerta de cansancio. Bien pensado, ayer me levanté agotada, vamos, igual que cuando me acosté la noche anterior.

Pero tenía ganas de vida social, de salir un ratito de la rueda de hámster, de charlar con esas amigas que no tienen hijos, que no van a reuniones con los tutores, que a veces se sientan en el sofá, a ver si rozándome un poco con ellas se me pegaba algo de su energía. PUES NO.

Ojo, que yo ganas le puse y me lo estaba pasando de muerte; de hecho, de esas conversaciones de medianoche saldrán varios artículos, todos bien cochinos e irreverentes.

Yo disfrutaba, pero no lo parecía: un jeto, unos bostezos, un *semecierranlosojos* de lo más lamentable. ¿Qué me está pasando? Con lo que yo he sido, joder. No paro quieta ni un minuto, pero tampoco es para estar así. Creo.

Y, como nada es casualidad, justo hoy caen en mis manos tres artículos de lo más reveladores: uno sobre lo que le pasa a tu cuerpo cuando no duermes ocho horas, otro sobre los efectos del estrés y el último sobre los beneficios del sexo para la salud.

Agarraos, chicas, que vienen curvas.

Si no duermes ocho horas tienes riesgo de contraer enfermedades infecciosas y cardiovasculares, engordas, tienes menos control sobre tus emociones (o sea, una mala hostia del quince), envejeces más rápido y se acortará tu vida. Ahí es *ná*.

Así tengo las anginas cada dos por tres inflamadas, y va a ser que no es el pantalón el que ha encogido, y esta arruga nueva, y esta sensación de que cualquier día la palmo sin previo aviso. Todo cuadra.

Vamos a lo que pasa si sufres de estrés: meas continuamente (esto me consuela, ya pensaba que tenía cistitis, aunque no sé qué es peor), fatiga crónica. Pero, ojo, que a esta fatiga por estrés le tienes que sumar la fatiga por falta de sueño, o sea, una bestialidad de fatiga.

Sigamos: falta de apetito sexual. No soy capaz de salir a cenar, ¿cómo voy a arriesgarme a fornicar?

También produce insomnio. O sea, no tengo tiempo para dormir y encima me despierto antes de hora por el estrés, con lo cual aumenta mi cansancio, y así suma y sigue.

Me están entrando los calores.

Ah, claro, es que también la menopausia precoz es culpa de esta histeria compulsiva. Y ojo, que la menopausia también provoca insomnio. Ya tenemos el del estrés y el de la menopausia. Ya llevamos dos fatigas, dos insomnios y un chichi muerto, así de momento. Estas manchas raras que me han salido en la espalda parece que también son de los nervios, vale. Y puede que, en cualquier momento, entre en depresión, porque eso es lo que pasa cuando vas como las locas todo el día.

Hasta aquí los estreses.

Vamos a la lectura sobre los innumerables beneficios del sexo. (Sí, hay que ser masoca para, teniendo un cadáver entre las piernas, leer esto, pero así soy.)

La primera en la frente: el sexo disminuye el estrés. Pues estresada seguiré, entonces.

El sexo adelgaza, refuerza el sistema inmunitario, mejora la piel y la memoria, rejuvenece y te da felicidad. Además, favorece el sueño.

Resumiendo: que da igual dormir o no si echas unos polvos divinos. Los efectos del estrés también los cura el sexo. Follar te salva, te resucita, te sana. Da igual todo lo que te maltrates, si follas equilibras el universo entero.

Pero si estás estresada no quieres chingar, y si estás cansada tampoco, y con la mala hostia que te provoca lo anterior, pues menos.

Por no hablar de que, según con quien folles, puedes acabar más histérica y deprimida que antes de empezar.

Huevo o gallina, pez que se muerde la cola, círculo vicioso, historia interminable.

Entiendo que su intención, señores de los artículos, era prevenirme, informarme y darme soluciones, pero yo como que no lo veo. Se me ocurre que quizás deban ponerse de acuerdo los tres para coordinarse, no contradecirse y, de paso, no desesperarme. Yo, mientras tanto, voy anulando cualquier actividad programada para después de las 21:00, que es la hora a la que dejo de ser persona para convertirme en zombi.

Cuando hayan dado con la solución a este desastre, me avisan.

Diez señales inequívocas de que te has convertido en una señora

Sí, señora, por más que te joda, por más que tus congéneres te cuenten pamplinas: «Nena, por ti no pasan los años», «Estamos igual que a los veinte», «Eso de hacerse mayor es una cosa mental». Pues sí, lo es, y sin saber muy bien cómo ha pasado, te encuentras con que cumples todos los requisitos para ser una señora, *cagontoloquesemenea*.

1. Hasta hace no tanto, se te ponían los pelos de punta cuando escuchabas a alguien decir: «No me gusta acostarme tarde porque luego pierdes el día» o «Me gusta aprovechar las mañanas». Pero si a mí lo que me gusta es aprovechar las noches como si no hubiera un mañana. Ver amanecer con el rímel por las rodillas, afónica y con dos kilos menos que cuando he salido de casa. Pero ahora… ay, ahora, llega el viernes y te metes en la cama a las diez de la noche porque no puedes con tu vida y porque sí, reconócelo, te mola levantarte antes que los niños. Tener un momento de paz antes de que empiece la batalla.

Tú, que salías de la cama a medianoche porque no podías rechazar el planazo que tus amigos te ofrecían por teléfono y ahora te parece una locura absoluta cualquier evento que empiece después de las nueve y media. Pero, ¿qué pretendes, que me levante a mediodía, pedazo de animal?

Pero, además, por mucho que quieras dormir hasta las tantas, no puedes. Porque tienes un puto reloj interno que antes te dejaba sobar doce horas y ahora suena a las ocho de la mañana, incluso los domingos. Esta es una mierda que a mí, personalmente, me pone de muy mal humor. #MarmotaDignidad

Sales de casa un domingo a las nueve de la mañana y ves a todos esos que vuelven de fiesta y que antes eran tú. Los que han ligado, las que llevan los zapatos en la mano. Los que desayunan a tu lado atufando a alcohol mientras repasas el *Huffington Post*. Y sientes, por un lado, alivio, y por otro, melancolía. Porque ser un animal nocturno era agotador, pero tan brutalmente divertido...

Si esto tiene que ver con la edad, con la disminución natural de energía o con la maternidad, pues no lo tengo muy claro aún, la verdad.

2. Conoces a un tío, parece que hay tema, la cosa no queda clara, pasan los días y aquello no avanza. Te da igual. Hace unos años la comedura de tarro habría sido mortal. Ahora, cuando han pasado tres días de su último wasap, te acuerdas de que había uno que te hacía tilín. De nuevo, ni idea de si esto es porque realmente le das importancia a las cosas que la tienen o es que vas tan de culo que no tienes tiempo de volverte majara perdida.

3. Lo de ir siempre mona ya no es una prioridad. Mi última afición es bajar a la cafetería en pijama. Me da un palo tremendo vestirme para estar diez minutillos tomándome un té mientras le echo un ojo a las redes sociales.

¿Que me lo podría tomar en casa? Pues sí, pero a mí me gusta bajar a las calles.

¿Que llevo unas pintas tremendas? Pues también, pero me importa un huevo.

Supongo que ese huevo es la representación de la madurez, o del pasotismo, o de la degradación como humana. El caso es que yo estoy en mi mesita, con mi pijama y mis chanclas la mar de a gusto.

4. Eres tiquismiquis. Lo de dormir cuatro amigas en la misma cama, en un hostal de mala muerte, era muy divertido, pero ahora ni de coña. Nada de mochila, *trolley* a todas partes, porque otra de las señales de que ya no eres una niña es el dolor de espalda. Bueno, y que pasas de sufrir innecesariamente.

Cuantas más estrellas tenga el hotel, pues mejor.

¿Acampada? ¿Estamos locos? Anda, anda.

5. Tras un par de comidas no muy sanas te mueres por un trocito de pescado con brócoli. El estómago se resiente, engordas a la velocidad de la luz, ya has leído mucho sobre nutrición y eso hace mella. Directamente relacionado con esto y con la maternidad, tenemos la siguiente señal: ya no cenas cada día galletas y Cola-Cao.

6. Follas en un año lo que antes en un mes. Y estoy siendo generosa. Porque te has vuelto exigente. Porque no sales y no conoces a nadie nuevo, ni interesante, ni nada. Porque te da perezón. Porque tenemos HBO y, entre un polvito casual o un capítulo de *Juego de tronos*, la cosa está clara.

7. Tu planazo de cumpleaños ya no es una fiesta multitudinaria que acabe a las diez de la mañana, sino tomarte el día libre, hacerte una *manipedi* cojonuda y un masaje tailandés que te mueres.

8. Dices que NO con una facilidad pasmosa. NO voy a ver una peli doblada. NO voy al cumple de ese que tampoco es tan amigo mío. NO me apetece cenar en ese restaurante tan

sumamente ruidoso. El tema de la intolerancia al ruido es otro síntoma de que te haces mayor.

No a los gritos.

No al chunda chunda en las tiendas de ropa.

No a nada que no me permita hablar a un volumen razonable.

9. Te has vuelto ordenada. Tú, que dejabas toda la ropa amontonada sobre tu cama; que usabas el mismo vaso durante días con tal de no fregarlo; que no sentías necesidad alguna de recoger la mesa al acabar de comer, ahora doblas la ropa que ni las dependientas de Zara, estás al borde del infarto cuando tus hijos dejan los zapatos en el salón y ordenas tus cosméticos por orden alfabético. Cuando es necesario, cambias las sobras de la comida a un táper más pequeño, no abres un bote de champú cuando hay otro empezado. Un asco.

10. Haces tus planes pensando en la meteorología. Si va a llover no sales. Si hace mucho calor, mejor lo dejas para otro día. Si va a helar, nada de quedar para desayunar. Tú, que te has bañado mientras granizaba, que te disfrazaste de trapecista en un febrero de temperaturas bajo cero, que te empapaste en tantos conciertos.

Querida mía, si te reconoces en cinco o más de estas señales, no hay duda: te has convertido en una señora. Oye, que no es mejor ni peor que ser una chavala porque lo importante es que eres una señora Fabulosa.

Y aprovecha, porque ya lo dijo Shakespeare:

«NUNCA SEREMOS MÁS JÓVENES QUE AHORA»

El arte de rascarse el toto

Estoy desquiciada (juraría que no es el primer artículo que empiezo con esta frase).

El caso es que voy de culo, pero a qué nivel. No me da la vida. Estoy agotada, histérica e incluso enferma. Y os lo cuento en las redes, que molan mogollón sobre todo cuando, para variar, ves que el resto del planeta sufre de la misma mierda que tú. Vosotras me contestáis que también os arrastráis, que vais corriendo a todas partes, que os levantáis a las 6:30 para respirar un poco antes de despertar a las criaturas. Y eso que media horita de sueño en estas condiciones nuestras tan infrahumanas son oro.

La conversación con mis amigas viene siendo la misma desde hace tiempo: «Lo que daría por dormir ocho horitas seguidas», «Del estrés me ha dado lumbago. O bronquitis. O migraña de la muerte», «Tengo tanto que hacer que no sé por dónde empezar» y un largo etcétera de lamentos que nada tienen que ver con esas fotos ideales de las #influencers, las #fitmum y las #VengaVaNoMeJodas.

El problema es que nos pasamos la vida ahogadas perdidas, respirando (como dice mi amiga María) de vez en cuando y con una pajita porque no hay manera de sacar la cabeza del agua. A mí me están volviendo majara el curro, los curros y mis salvajes hijos. Para otras es el curro, los hijos, el marido o el ex (que bien merecen, no un post, sino cuarenta y siete). En los casos más jodidos entramos en problemas de los de verdad.

Y sí, la rueda de hámster nos invade, nos arrastra y nos jode los días, los meses, los años.

Estaba yo la semana pasada contándole todo este rollazo a mi terapeuta: «Mira, Concha, es que no me dejan en paz. Quiero que se vaya todo el mundo a la mierda». Ella, acostumbrada a mis barbaries, me miró con esa calma desconocida para mí y soltó un alto y claro: «¿Y tú, querida, TÚ TE DEJAS EN PAZ?».

Toma hostión de realidad.

Y tuve que agachar la cabeza y entonar el *mea culpa*. Y tú, que me estás leyendo, chata, seguro que deberías hacer lo mismo.

Porque nadie me pone una pistola en la cabeza para que planche hasta la última arruga del polo del uniforme de los niños. Sí, ese mismo que durará estiradito y limpio aproximadamente dos milisegundos desde que se lo pongan. Tampoco pasaría nada si no contestara los correos el mismito día en que los recibo. Con lo que odio cocinar, bien podría comprar el menú hecho, que ahora hay unas webs que te lo mandan todo sanísimo y baratísimo. Nadie va a morir si hay migas en la cocina o en la mesa del comedor y quizás no es tan necesario el fregoteo del sábado por la mañana.

Con lo que a mí me gusta bajar a desayunar los findes en pijama a la cafetería de debajo de casa, y llevo dos meses sin darme el gusto porque las manazas se me agarran al aspirador y no hay manera de soltarlas del puto cacharro.

Que alguien me explique por qué esa horita que tengo los lunes de 19:30 a 20:30, mientras los nenes hacen extraescolares, la dedico a hacer recados en lugar de rascarme la nariz leyendo el *Cuore*. Como si no pudiera ir al supermercado con las criaturas cuando ya me supiera todos los «Aargs» y los peores modelitos de la semana.

Porque nunca es suficiente, porque siempre hay algo que hacer y, si no lo haces tú, no lo hará nadie y entonces el mundo dejará de girar y la humanidad desaparecerá de la faz de la Tierra.

O eso te crees tú, listilla.

Buscándole la explicación a esta catástrofe de dimensiones gigantescas, deduzco que la respuesta es muy simple: no sabemos rascarnos el toto como es debido.

Normal, por otra parte. Nos han enseñado que rascarse el toto es malo, es feo. Pasarse el día tirada en el sofá es de mala gente. Tener los platos sucios es lo peor de la vida. Ay, si tu niño no es el más reluciente de la clase.

Perezosa, vaga, GUARRA.

Como todo, el arte de rascarse el toto ha de aprenderse y luego practicarse hasta llegar a la perfección. Precisa de técnicas depuradas de apagado de teléfono, sordera aguda ante el reclamo de familiares y jefes, pasotismo exacerbado y autoestima salvaje.

No es fácil, NO, pero yo me he prometido a mí misma que voy a convertirme en una artista del rascamiento. Me darán una medalla, un pódium, un trofeo. Llegaré al nivel de las grandes profesionales, esas que no tienen ojeras y que lucen todo el día una sonrisa relajadísima de oreja a oreja.

Bueno, quizás no llegue a tanto, pero, para empezar, prometo que hoy lunes, de 19:30 a 20:30, silenciaré el puñetero móvil, me iré a un bar, me beberé un té en silencio mientras leo el *Vogue* de hace tres meses y os visualizaré a vosotras, amiguis mías, rascándoos también lo que os venga en gana de manera espectacular.

Supermujeres, supermadres y otras criaturas extraterrestres

No sé qué narices pasa que, de un tiempo a esta parte, la moda de las supermujeres me azota por doquier. Abro una revista y una tal Tory Burch cuenta que se levanta a las 5:45, pasa todo el día trabajando. A las 19:00 su labor favorita es hacer los deberes con su hijo. Come cada día ensalada griega y bebe agua de coco, duerme cinco horas y se siente FE-NO-ME-NAL.

Tory, chata, NO-ME-JO-DAS.

Miro Instagram y una famosa nacional, perfectamente maquillada y peinada, vestida con el mismo jersey que lleva su hijo, se queja de que se acabe la Semana Blanca, cuando el resto de la humanidad está con los pelos de punta por la misma razón.

Este rollo ideal y falso es todo un concepto, un movimiento, una creación más del patriarcado, amigas. Porque, no nos engañemos, encargarte de los niños, currar a tiempo completo y seguir viva no es un superheroísmo, es una superpringada de cojones. Y es que nos han vendido una moto que tela marinera. Qué bien les va a muchos hacernos creer que esa es nuestra labor y que, al cumplirla, nos convertimos en unos seres tocados por una vara divina, en las mejores madres de la galaxia, merecedoras de aplausos incluso.

Estudia, trabaja, sé madre.

Y pon lavadoras, ten la casa como un muestrario de Ikea, el finde no te apalanques en el sofá, so cochina. Sal a pasear con las criaturas, sonríe, sé feliz. Ah, y ni se te ocurra quejarte, que toda la vida las mujeres lo han hecho y aquí nadie ha dicho ni mu. Porque nosotras podemos con todo. Si encima llevas un *outfit* ideal, los pelos sin rastros de raíces y las uñas estupendas, ya eres lo más de lo más. Digna de admiración, pero a lo loco.

Estoy hasta la mismísima seta del «Tú puedes con todo».

¿Y qué coño es poder con todo? ¿Será no morir? ¿Será no abandonar a tus hijos o mandar a tomar por culo el trabajo? ¿Será no acabar en un psiquiátrico? Por favor, que alguien me lo aclare, porque yo ya no lo sé.

Me niego a entrar en el juego. No, chicas, andar todo el día con ojeras de panda, no dormir lo suficiente, vivir arrastrándote y derrapando, echándote de menos, llegando a casa reventada y ponerte a cocinar, sin descansar más que unos pocos minutos cuando acuestas a las criaturas, depilándote las patas de una en una... Eso, querida, eso no es poder con todo; eso es malvivir, por mucho que nos joda reconocerlo.

Para serlo todo, hemos dejado de ser nosotras.

Dormir cinco horas no es lo deseable, trabajar dieciséis horas diarias no es razón para sentirse orgullosa. No somos mejores personas por cargar con todo. Eso no nos convierte en mujeres biónicas, sino en mujeres agotadas. Aprobadas socialmente, eso sí.

Algunas de vosotras me mandáis mensajes contándome que un día os desplomasteis y lleváis seis meses de baja. A otras les han diagnosticado una depresión. En el mejor de los casos los problemas se manifiestan en forma de bronquitis, herpes, ciáticas...

¿Y cuál es la solución?, diréis vosotras. ¿Por qué nos cuentas todo esto? ¿Para jodernos aún más la vida? Pues, amiguis, es que el primer paso para cualquier mejoría es darnos cuenta de que algo no va bien. Sufrir no es nunca lo normal, aunque se haya convertido en lo común. Y ni siquiera darte cuenta de que estás sufriendo ya es el colmo.

Lo primero será mirarnos y vernos; lo segundo, diagnosticar ese agotamiento que ya forma parte de nuestra piel; lo tercero, negarnos a formar parte de esa creencia tan autodestructiva: las supermujeres no existen, al igual que no existen Spiderman ni el Capitán América.

No busquemos ser una de ellas, no aplaudamos a las que fingen serlo. No nos sintamos halagadas cuando alguien nos dice que lo somos. Es mentira.

Doce cosas que, a mis cuarenta y cinco, tengo clarísimas

Vale, no tengo aún los cuarenta y cinco, pero me falta *ná* y menos. El caso es que, haciendo inventario emocional y físico de todos estos años que ya llevo a cuestas, me alegra darme cuenta de que he aprendido unas cuantas cositas sobre el mundo en general y sobre mi persona en particular.

Tengo clarísimo quiénes son mis amigos de verdad. No importa si llevan toda la vida conmigo o si llegaron hace poco. No pueden ser más heterogéneos y más personajes. Y buena gente, esa es su característica común. No hay dobleces, lo que ves es lo que hay. También reconozco a los tóxicos. Huy, quita. QUI-TA.

Por mucho que me entusiasme la idea, jamás seré una tía zen, ni relajada, ni nada que tenga que ver con no desquiciarse. Sí, me llamo Sol y soy una histérica. Es lo que hay.

También me encantaría chorrear glamur por los cuatro costados, pero no me peino, mis pijamas son de traca y me da un perezón tremendo diseñar mis *outfits*, así que: vaquero + sudadera + zapatillas. Cambio los colores a diario por aquello de no aburrir al personal, y punto. Lo de las raíces capilares ni lo comentamos. Lo de los pelánganos en las patas, mejor tampoco. Dejémoslo en que soy graciosa, pero glamurosa EN ABSOLUTO.

Aleluya porque ya sé qué cosas me hacen perder el *sentío*: escribir, Nueva York y las croquetas. Por nombrar solo tres. Pero tengo más de cien. Lo juro.

También he aprendido lo que NI DE COÑA: las dietas en las que paso hambre, la gente pesimista, el zumo de pomelo. Y unas cuantas más.

Disfruto con viajes, masajes y comidas de las buenas mucho más que con bolsos, abrigos o pendientes. Y nunca dejaré de adorar unos buenos bailes, los disfraces, porque hoy es hoy, las diademas de plástico rosa fosforito con luces intermitentes.

Por mucho que lo intente, tengo claro que jamás entenderé esto de que el tiempo pase y ya no tenga veinte años. Como me decía ayer un amigo hablando de nuestros fiestones de hace dos décadas: «Cuando no sabíamos que la libertad, la juventud y las noches sin fin se desvanecerían como una puesta de sol». Lloré, claro. Qué cabrón. Cambiaría esta tía sabia y madura por aquella majara saltarina ahora mismo.

Ya hace mucho que no me marean, porque he aprendido que las relaciones, como casi todo en la vida, son sota, caballo y rey. Huelo a los Mareadores a dos kilómetros de distancia. Porque huelen, creedme, y de lo lindo. Otra cosa es que nos queramos tapar las narices y autoengañarnos. Yo ahora me fío de mi instinto más que del GPS. Y así me va, que no pillo cacho desde el Pleistoceno.

Durante mucho tiempo me obsesionó no saber qué tipo de madre sería. Pues soy esta madre, parecida a muchas, diferente a todas. Desastrosa y maravillosa a partes iguales. No me creo lo de las madres perfectas, así que ya no las miro ni aspiro a parecerme a ellas. Menos mal.

Me invade el pragmatismo: es más fácil pintarse los morros de rojo que acertar con el *eyeliner*; las *pizzas* precongeladas no solo no matan, sino que te salvan la vida; la ropa bien tendida no precisa planchado alguno. Qué alivio.

A estas alturas ya sé que «no hay pena que cien años dure, que «no por mucho madrugar amanece más temprano», que «Dios aprieta pero no ahoga» y que, desde luego, «quien bien te quiere NO TE HARÁ LLORAR».

Quizás de aquí a mi cumple aprenda alguna cosilla más. Quién sabe.

Otras siete cosas que, a mis cuarenta y cinco, tengo clarísimas

Hace unos meses escribí un artículo sobre todas esas cuestiones, que, a estas alturas, una ya tiene más que claras. Pero es que lo del autoconocimiento, gracias a Dios, nunca acaba. En este par de meses mi sabiduría ha aumentado a lo salvaje (o eso me creo yo), y como muestra, un botón.

Es mentira que la felicidad está en las pequeñas cosas. Charlar con mi amiga durante horas, sin haberlo planeado, en un banco del parque. Descubrir un escritor con el que, en otra vida, sin duda alguna, compartí útero, porque si no son imposibles tantas coincidencias. Comerme una *pizza* directamente de la caja mientras veo una peli con mis hijos. Sentarme a escribir en una cafetería bonita, tomarme un té *english breakfast* con leche y engullir la mejor napolitana del planeta. Bailar hasta la extenuación con Camilo Sesto y Raffaella Carrá. Ver amanecer. Nada de esto es pequeño, sino grandioso.

Yo, que me pongo del hígado con la música alta donde no corresponde, con el ruido incesante de mis hijos, con esos bares donde los camareros maltratan la vajilla y las cafeteras parecen máquinas de vapor, me he dado cuenta de que tampoco soporto el silencio absoluto, ese que te hace sentir que no hay nadie más en el mundo, pero de verdad, que se te mete en los entresijos y te pone tan triste que no te deja ni pensar.

Me gustan las ciudades y cada vez más. La playa o el pueblecito encantador, si no hay más remedio, y solo un ratito. Mi último descubrimiento: Ciudad de México. Qué maravilla de clima, señores. Qué gentes tan amables. Qué restaurantes. Qué de todo. Yo, desde que celebré allí mi cumple, solo quiero ser mexicana. Bueno, mexicano-escandinava, por aquello del *vikinguismo* y tal. No es que reniegue de mi españolidad, es que ya llevo mucho tiempo siendo ibérica y me apetece un cambio.

Esa es otra: no concibo la vida sin cambios. Por mucho que admire a aquellas compis del cole que se quedaron en el pueblo, se casaron con su primer novio y disfrutan de una vida de lo más sosegada, tengo la absoluta seguridad de que, en este caso, uno nace y no se hace. Nací con el culo inquieto y de mal asiento, con una tendencia enfermiza a la actividad; con una fobia tremenda al aburrimiento, al «y si», al «podría haber», al arrepentimiento por lo no hecho. Cambiaría los muebles cada seis meses, me mudaría de ciudad todos los eneros. Quiero oler a perfumes nuevos; conocer a desconocidos; que Spotify me descubra, cada día, la canción de mi vida.

Tengo clarísimo que la casualidad no existe. Es pura estadística: hay eventos que de tan improbables son imposibles. Sí, en cambio, las causalidades nos muestran claramente el camino que debemos seguir. Las señales están ahí, esperando a que queramos verlas. Arriba las antenas. Abajo las creencias, los miedos, los complejos.

Ahora sé que reírse de tonterías no es de tontos y sí lo es el postureo, el qué dirán, las apariencias. El humor nos salva la vida. Cada vez. Todos los días.

Pero no todo es sabiduría a medida que arrancamos hojas del calendario. No. Mi yo de los veinte entendía mucho más de diversión sin medida, de despreocupación, de morreos. Porque algo estoy haciendo mal cuando no me morreo desde el Pleistoceno. De sexo ya ni hablamos, pero es que eso es secundario. Lo que de verdad importa es el besuqueo, y hablo totalmente en serio.

Quién sabe, quizás para los cuarenta y seis haya resuelto también esta frustración, o, en el mejor de los casos, ande de nuevo pegando lengüetazos a diestro y siniestro.

Ojalá.

Cosas que, a mis cuarenta y cinco, tengo clarísimas (parte 3)

Sé que la culpa es inútil, no te protege como el miedo, no te da espacio como la tristeza. La culpa es la mierda. El conformismo es la mierda, porque te convierte en la mitad de lo que realmente eres y te deja hecho un amasijo mediocre, gris y mate.

Dejo los libros a medias si me aburren por muy famoso que sea su autor, por muchos premios que gane, por muy bien que quede comentar su obra en una cena. Mi tiempo vale más que los galardones de gente que no conozco. Porque mi tiempo, el tiempo, es finito y esas páginas me roban otras con las que seré más feliz. Y es que ser feliz ha de ser el fin último de todas mis acciones, porque para eso vine yo a este mundo. Bailar me hace feliz, Aquaman me hace feliz, la sobrasada me hace feliz, escribir me hace feliz.

No recuerdo quién era yo antes de escribir, porque probablemente era mucho menos yo, porque no sabía que esta plenitud era posible. Sé que tengo que transformar los problemas en objetivos y los sueños en metas porque, de lo contrario, seré una tía conformista y eso es la mierda, ya lo he dicho. Nada es casualidad porque creamos nuestra realidad. Hay un orden misterioso y fabuloso a partes iguales del que poco sabemos y que nos lleva por el camino correcto a no ser que nos empeñemos en cagarla una y otra vez.

Tengo que escucharme, que contemplarme, porque soy la única linterna que tengo para hacerle caso al universo. No tengo que pedirle permiso a nadie para ser feliz, porque nadie es dueño y señor de mi libertad. Nadie. Es justo y necesario que me tome vacaciones de la gente que me rodea para tomar perspectiva, para reencontrarme conmigo misma, porque hace tiempo que me echo de menos y ni siquiera me había dado cuenta. Quién eres tú y que has hecho conmigo. También hay que tomarse vacaciones de los hijos Y NO PASA NADA. Porque la culpa es la mierda, ya lo he dicho antes.

El tiempo solo pasa, no pone nada en su sitio, a mí tampoco, así que voy a liarme a ordenar. El tiempo tampoco cura. Curan las ganas. La vida también pasa y qué miedo mirar atrás y darte cuenta de que decidiste no decidir. Te lanzaste sobre el conformismo y el conformismo es la mierda (sí, otra vez). La amistad mueve el mundo, y si no es tu caso, revisa, algo está mal.

No hay nada malo en afirmar con vehemencia que Jason Moma está buenísimo, que Idris Elba está buenísimo, que Richard Madden está buenísimo, que me gustan los tíos que están buenísimos. Porque así de superficial soy. A quién le importa, qué más me da, a mí chimpún. Ayudar a otros a ser felices es celestial, y para conseguirlo he de saber de qué estoy hablando, porque si estoy amargada perdida no le alegraré la vida al de enfrente.

Lo de criar hijos es muy difícil y muy fácil: no les jodamos la vida. Con eso basta. No hay que compararse con la de la revista, sino con la del espejo. Quién era ayer, quién soy hoy. Me equivoco, me olvido, me tropiezo. Déjate de hostias. Siempre arriba, siempre adelante.

Los diez superpoderes de una supermadre cualquiera

Justo antes de acostarme anoche, mi amiga Isa me envió un montón de citas escritas por madres en las redes sociales. Perlas como «Solo pido depilarme las dos piernas el mismo día. Por pedir que no quede» o «Estoy encerrada en el baño a ver si se les olvida que existo y se quedan dormidos solos, la esperanza es lo último que se pierde» me inspiraron para este post.

Si esto lo hubiera leído una no madre habría pensado: «Qué graciosas y qué exageradas» pero como yo soy una sí madre, lo mío fue: «Qué graciosas. Y se quedan cortas incluso».

Está claro, las madres (biológicas o adoptivas, esto no depende de las hormonas) desarrollamos superpoderes, pero de los de verdad, de los que nadie ve (rollo identidad secreta). Ríete de Los Vengadores (y mira que soy fan). De nuevo aquí las no madres... «qué graciosa y que exagerada».

Que no, coño, que si nos investigaran en serio, lo iban a flipar los de la NASA.

Estas son solo algunas de las capacidades mutantes que desarrollamos:

1. Velocidad sobrehumana: vas de compras en diez minutos, preparas cenas en siete, planchas en tres, te duchas en dos, te peinas en... (no te peinas, punto).

2. Transformación física: pierdes los estribos y las pulsaciones se disparan, los ojos se inyectan en sangre, la respiración jadeante... Me convierto en un ser verde que pesa trescien-

tos kilos, capaz de destrozar edificios de un manotazo. Nadie lo ve, es verdad, pero yo lo siento. Soy Hulka y doy miedo. Eso, varias veces al día, cada día, con los desayunos, con los deberes, con las peleas entre hermanos, con…

3. Desarrollo indistinto de los dos hemisferios cerebrales: yo, que siempre fui de *letrasmáspurasimposible*, ahora controlo las Mates que no es normal. También Naturales y Sociales (ahora denominadas *Science*) y las manualidades, todo ello en varios idiomas.

4. Fuerza brutal: te subes tú solita la compra del súper, la de la frutería, la ropa del tinte, el regalo para el cumple del domingo, tu bolso y el abrigo.

5. Memoria letal: a la fuerza, claro. Acuérdate de pedir hora para el médico; comprar el material para el disfraz del festival de final de curso; el sello para los deberes del mayor; el cinturón de yudo del menor; avisar a la madre de Juan, de Ana y de Hugo de que iremos a su cumple; ojo que mañana van en chándal, pasado de uniforme y al siguiente vestidos de calle que es día especial…

6. Resistencia cósmica: no duermes más de seis horas diarias, estás en pie desde las 7 de la mañana y no paras hasta las 11 de la noche, comes lo que puedes cuando puedes y oye, que no te pones enferma nunca. O igual sí y ni te das cuenta…

7. Paciencia inusitada: yo, que nunca me caractericé por ser paciente sino por más bien todo lo contrario, he conseguido explicar la diferencia entre nombres comunes y propios diez veces seguidas sin que mi vástago entendiera una mierda, y aun así no le he asesinado (ganas tenía, no lo niego). He estado once horas seguidas en el sofá esperando a que ter-

minase cinco hojas de caligrafía. No es broma, DE 18:30 A 5:30. Los cojones de plomo no los he desarrollado con la maternidad, venían de serie.

8. Polivalencia sobrenatural: puedes cocinar, sacar las cosas del lavaplatos, preguntarle las tablas al niño, hacer la lista de la compra mentalmente y cagarte en la madre que parió a la profe de Mates un millón de veces y todo al mismo tiempo. Yo he llegado a hacer la compra por internet mientras le daba a la elíptica en el *gym*.

9. Sabiduría extrasensorial: nada más verlos por la mañana sabes si te van a dar el día, según como se sientan a comer intuyes si la van a liar con la verdura, les ves el jeto cuando salen del cole y sabes exactamente la nota de ese examen… (Si es que siempre me jodió que mi madre lo supiera todo y me ha traspasado sus genes mutantes, *cangontoloquesemenea.*)

10. Amor desmedido: tus hijos te despiertan a las siete el fin de semana, reniegan de la comida que has comprado y cocinado gustosamente, destrozan en dos horas la camiseta ideal que les compraste ayer, se portan mal en el cole que te cuesta un pastón inusitado… y los quieres. A mí personalmente, es el poder que más alucinada me tiene. Estas barbaridades me las hace otro y le rebano el pescuezo.

Y porque no tengo más tiempo, que ahora en diez minutos tengo que hacer la cena, ducharme y tender dos lavadoras, que si no sigo hasta mañana.

¿Y tú? ¿Sabes de algún otro poder supermaternal?

Sobre problemas fabulosos

El otro día un amigo señaló que yo tenía un problema de adicción a las napolitanas de chocolate de La Duquesita. "Y al Cola-Cao», añadí yo." Y tengo el mismo problema con las voces prodigiosas, con los párpados carnosos (que me vuelven loca), con los buenos morreos, con Nueva York, con las tazas chulas de borde grueso, con mis maravillosos amigos. Otro problema es mi amor a los potingues que huelen bien, a los potingues en general. Soy adicta a las libretas bonitas, a los bolis de colores y a las pelis de superhéroes superbuenorros. Tengo un problema, también, con el sol de abril y de mayo. Con tumbarme en pelotas a notar el calorcito sin que me achicharre. Con sentarme en mi balcón minúsculo, taza chula en mano, para cotillear a los transeúntes e imaginarme sus vidas. Problema es mi incapacidad para salir de una librería sin un libro en mano, aunque tenga treinta sin leer en casa. Tengo un problema con la necesidad imperiosa de reír a carcajadas todos los días, con sacarle la punta humorística a cualquier chorrada, con rodearme de seres que dicen tantas o más barbaridades que yo. Problemas tenemos todos, y a mí los míos me encantan.

Los lunes de Sol

Parece que los lunes tienen algo alevoso y juerguista últimamente. En esta ocasión el evento iba de premios, de cine, de aplausos.

Y acaba la gala y empieza el despiporre.

Me parece apasionante que el día de la semana más odiado se haya convertido en el inaudito momento del desorden semanal.

No veo esta racha de diversión nocturna postcuarenta como algo tóxico, sino todo lo contrario. Es una decisión consciente y voluntaria tomada tras mi periodo de ostracismo antinoctámbulo.

Ya fui, volví, subí y bajé. He salido como una loca y me he encerrado en mi cueva, convulsionando ante cualquier plan postmedianoche. He dado volteretas de aburrimiento, he muerto de la risa y he resucitado con las responsabilidades apretándome el pescuezo. He sufrido por amor, por desamor, por los exámenes, por las broncas de mi madre, por la incertidumbre del futuro y por las mochilas del pasado. He sido la oveja negra, la empollona, la graciosa, la responsable, la marchosa, la guarra, la amiga que se va y la que nunca se irá, la novia sumisa, la amante lasciva, la hija perfecta y la madre majara.

Ya he sido muchas cosas, quizás demasiadas.

Y ahora soy yo, en minúscula, sin grandes aspavientos ni reivindicaciones. Se acabó el concurso. Mi yo, que no mi vida, es calma chicha. Ya no quiero ser la más alta, la más guapa, la más lista, la más buena.

Ahora solo soy la más yo.

La nocturnidad en la inmadurez (que se puede dar a cualquier edad, no nos engañemos) genera severas tensiones: qué me pongo, dónde vamos, quién va, irá el que quiero que vaya... Ahora, en lugar de todo eso está la nada. La maravillosa nada: el convencimiento de que si has decidido compartir tu tiempo con otros seres es porque así lo quieres y no porque toca. La tranquilidad de que si la ocasión se atasca y no aporta diversión, te vas a casa antes de que amanezca sin trauma alguno. El no esperar nada, en este caso, lo es todo.

El solo ocuparse de pasarlo bien puede sonar superficial, egoísta e, incluso, gilipollas. Yo prefiero pensar que por fin ha llegado la tan ansiada libertad. Con mayúsculas. LIBERTAD para decidir, para dilucidar, para distinguir e incluso para intuir y ya no dejarte llevar, sino llevarte. Se acabó el «Ay, quién maneja mi barca». Mi barca es mía, así que la llevo yo, que lo mío me ha costado ser capitana.

Y la barca pesa un huevo. A veces se le fastidia el motor o se me resiste el timón. Nadie dijo que fuera fácil. Aun así, yo decido a dónde, por dónde y con quién voy. Que si otro decide mi rumbo, llegaré a su destino y no al mío. Me da pánico imaginar que al echar la vista atrás vea cómo mi vida me controló y no a la inversa. Que al pasar la barca le dije al barquero, yo no soy bonita ni lo quiero ser. Quiero ser barquera.

Siete especímenes que encontrarás en tu gimnasio

Queridas todas, tras dos meses sin mover un puñetero músculo por culpa de la tos, de los mocos, de las anginas y de su tía Rita, la semana pasada volví a pisar el gimnasio.

Gloria al cielo, ALELUYA.

Qué ganas de ponerme en forma, de sentirme ágil y elástica.

Como estoy en un estado físico pésimo, pensé que lo mejor era pasearme un par de semanitas por mi cuenta en la sala de musculación. Fue entrar allí y redescubrir esa fauna deportiva que me sorprende y me fascina a partes iguales. Yo voy a un *gym* madrileño, céntrico a más no poder, con lo cual la heterogeneidad es máxima. Os cuento, a continuación, los especímenes que me encuentro cada mañana:

1. El Deportista Telefonista: por cada minuto que pasa levantando una mancuerna, está diez hablando por teléfono o mandando wasaps. Resultado: cinco minutos de ejercicio, cincuenta de rajada sin fin. Con lo cómodo que está uno conversando desde una cafetería.

2. El Consejero: nadie le pregunta, pero él, que hace mucho que va al gimnasio, y eso le da unos superpoderes especiales y unas licencias estupendas, va aconsejando que si dobla el codo, que si ponte recto, que si así no. Lo curioso es que nadie le replica jamás. También es verdad que nadie le hace ni puto caso jamás.

3. El Sonoro: su único objetivo en la vida es que todos los que estamos a su alrededor nos demos cuenta de la cantidad

tan bestia de kilos que levanta. ¿Cómo lo consigue? Gritando cual animal, cuando levanta los mil kilos y también cuando los suelta. Por el alivio, supongo. Por más que eleve el volumen de mis auriculares, sigo oyendo al Sonoro. Qué coñazo, chato.

4. La Impecable: aquí tengo que hacer un inciso y contar algo que me dejó muy loqui: entro yo en el vestuario y observo que una chica de pelo cortito tiene una cestita con unos cuatro cepillos, y allá que está ella dándole a los diferentes grosores. «Joder, qué currada», pensé yo, que no llevo ni peine de plástico. Me paso los deditos por la melena para salir a la calle y tan pichis. Pues, ay, amigas, que ella no se iba a las calles, que era para entrar en el gimnasio. Sí, así como lo leéis. Pues esta es un ejemplo de impecable. Ni que decir tiene que sus mallas (¿o son *leggins*?) son último modelo a conjunto con la camiseta, los calcetines, las zapas y todos sus complementos gimnásticos. Mientras las otras parecemos Bitelchús, ella no se despeina, ni se enrojece, ni se nada. Toda mi admiración para este espécimen.

5. El Macarra: lleva un peinado muy a lo Ronaldo y una camiseta recortadísima que deja ver sus pezones. Me llama la atención eso de ver los pezones de las gentes, la verdad. Está muy moreno todo el rato. Tiene la voz ronca y deja que la oigamos porque siempre tiene colegas por allí con los que hablar de «su chati», «su carro», y dice «*Ej* queeeee» compulsivamente.

6. El Gay Descontrolado: mi gimnasio está muy cerca de Chueca y, claro, en la heterogeneidad se incluye el mundo gay, que no me puede gustar más. Tenemos a las parejas que entrenan juntas y se tocan todo el rato, tenemos mucha pluma, mucha carcajada y tenemos, también, al *descontrolao*. El

pobre se vuelve loco porque le gustan todos. Se pone bizco, saluda a todo quisqui aunque no le contesten. Pide consejo al Consejero, escucha gustoso al Sonoro y ni te cuento lo que le pasa con el Macarra. Cualquier día le da un vahído con tanta emoción.

7. El Objeto de Deseo: es ese buenorro, pero buenorro de verdad, no un tío megahinchado. Él lleva ropajes normales, no las camisetas horrorosas propias del Macarra. Más que verle los músculos, los intuyes bajo una camiseta blanca de algodón que tiene que oler a gloria. Va a lo suyo, lamentablemente, porque todos querríamos que fuera a lo nuestro. Hay quienes afirman que lo mejor de hacer deporte es el tema salud: mentira. Lo mejor de hacer deporte es contemplar al Objeto de Deseo.

8. El Tocón: normalmente es uno que hace ver que es entrenador personal y ha *embolatrado* a una, que está muy buenorra, para ponerla en forma. Ella, en muchas de las ocasiones, es una Impecable. Y venga jiji, y venga juju, y saca más el culo, y toma y dale.

Hay más tipologías gimnásticas, pero es que se me hace tarde y quiero ejercitar estos musculillos. Eso sí, sin gritar y sin repeinarme, claro.

Vender bragas sucias: otra manera de llegar a fin de mes

Las comidas en mi oficina dan para un libro, o para catorce. La sabiduría que poseen los que allí trabajan incluye temas tan variados como estar al tanto de lo que beben los actores porno para que sus fluidos sean espesitos y bien olientes (zumo de tomate y canela), rituales de santería cubana para que se enamoren de ti en plan majara a base de echar pipí en los cafés ajenos, o el último grito en lo que a generar ingresos extra se refiere: la venta de bragas usadas. O sea, sucias.

O sea, cómo están las cabezas.

Qué sí, que lo había visto en *Kiki, el amor se hace*, en *Orange is the new black*, en *Younger*, pero no me imaginaba yo que la cosa existiera fuera de la pantalla. Allí estaba nuestra compañera Irene contando que, si no le renuevan el contrato, se hace con diez packs de bragas de Primark y ancha es Castilla. Las compras a un euro y las vendes a cincuenta.

Todo muy normal.

En un primer momento casi se me salieron los ojos de las órbitas, pero como soy una tía adaptable, moderna y con prejuicios, los justos, decidí investigar. Encontré no una ni dos, sino varias webs donde vender bragas sucias. Leí cosas tales como «Para las fotos recomendamos una imagen de la prenda puesta por delante y por detrás y otra que muestre solo la prenda (sin necesidad de enseñar suciedad de esta)», lo cual me dejó tranquilísima.

También afirmaban que «las personas que compran bragas usadas, por lo general, no tienen ningún tipo de trastorno sexual, solo quieren un poco de emoción en sus vidas». Oye, que para gustos los colores, hay quien se sube en una montaña rusa, otros se van al Corte Inglés el día de Nochebuena y luego están los que se dedican a oler bragas sucias de otros humanos.

Atención, que la cosa no se limita a las bragas, NO. Cuando ya había interiorizado el tema *braguil*, me entero de que también se comercializan, ojito, ojito, OJITO: calcetines que se hayan utilizado para masturbarse. Lo que viene siendo el clásico calcetín de la paja. Calcetines de hombre, usados por hombres, se entiende. Si los compran hombres o mujeres, ya no lo dicen. Y qué más da. Si también los huelen, los chupan cual polo o los abrazan para dormir, nunca lo sabremos (espero).

Para que la cosa sea emocionante a más no poder, no nos limitamos al intercambio monetario y si te he vendido no me acuerdo. Una vez recibido el producto, el comprador le envía a la poseedora o al poseedor original de los fluidos una foto con la prenda puesta y, si tiene el día comunicativo, le cuenta cómo se ha sentido al olerla. Qué se puede sentir al oler eso es algo que ni puedo ni quiero imaginar, la verdad. Pero, hey, respeto máximo.

Por si os está picando la curiosidad y consideráis sacaros un sobresueldo sustituyendo la cesta de la ropa sucia por una bolsita con zip deberéis saber que la cosa no es tan fácil. O sea, no basta con usar unas bragas y ya. Tus clientes pueden pedir que forniques con ellas puestas, que las lleves puestas varios días, que sean las de los días en los que menstrúas. La cotización aumenta a medida que se incrementa la asquerosidad.

Llegados a este punto yo no he podido evitar darle vueltas al modelo de negocio y propondría, para darle un poquito (más) de variedad, un catálogo con distintas categorías. Por ejemplo: una sería por comunidades autónomas. Porque digo yo que habrá compradores *braguiles* a los que les vaya más el rollo de sur, con su *pescaíto* frito. Que de todos es sabido que la alimentación influye en los aromas. Otros preferirán los de las paellas valencianas. Y ni que decir tiene que el marisco gallego estaría supercotizado.

Otra categoría podría venir dada por la dieta en sí: vegana, flexiteriana, vegetariana… El tema espárrago da para un post en exclusiva.

También incrementaría el morbo, digo yo, lo que ha servido para inspiración del fluido. Podríamos clasificar los fluidos *braguiles* según hayan sido inspirados por Tom Hardy en *Venom*, o por el Capitán América en la última de Los Vengadores, o por Jason Momoa en *Aquaman*, por los vikingos de *Vikings*… Y así hasta el infinito.

Paro ya de dar ideas. Señores de las webs vendebragas, si quieren más, se las cedo por un módico precio. Mis bragas, de momento, me las quedo yo.

Cómo acabar con el síndrome de la impostora

Es una epidemia, una plaga de dimensiones catastróficas: mujeres desconfiando de sus capacidades por mucho que la evidencia demuestre que son inteligentes, válidas, exitosas.

«No me merezco esto que tengo, ha sido cuestión de suerte, cualquier día descubren que soy un fraude».

Oye, y que da igual si te sacaste la carrera con notazas, si llegas a todos los objetivos que te plantean en el curro, si te han dado premios a troche y moche.

Como no me lo curre en plan salvaje (más aún) todo se va a la mierda, porque como no soy ni muy lista ni muy hábil ni muy nada... Y si me sale bien será gracias a que me he dejado la vida en ello, no a que yo sea muy lo más de lo más, así que a la próxima (o sea, mañana mismo) volveré a desgañitarme viva».

Y así toda la eternidad.

A lo mejor es que, en el fondo, no quiero destacar porque, históricamente, a las que intentan asomar la cabecita de entre la multitud se las ha castigado: por marimandonas, por sabiondas, por tocapelotas. «Me rompo los cuernos por sobresalir, pero hay algo que me empuja hacia abajo, y ese algo es mi miedo a no encajar en la creencia mastodóntica de que los que suben son ellos. Alguna ella, pero pocas, solo las de cualidades supercalifragilísticas. No es mi caso».

Tus amiguis te ven como una tía lista, talentosa y fabulosa; tú opinas lo mismo de ellas. Todas pensáis que la de enfrente está como una cabra. ¿Cómo me vas a admirar tú a mí, si tú eres lo más de lo más, y yo voy parcheando y derrapando día sí y día también?

«Me ha dicho que estoy muy mona porque me ve con buenos ojos. Yo me veo unos pelacos horribles. Por no hablar del óvalo facial, que se me deshace por momentos. ¿Lo de mi ascenso? Esta vez se la he colado a mis jefes, pero no volverá a pasar».

Y el caso es que el puñetero síndrome no discrimina, que lo mismo Kate Winslet piensa que no es tan buena actriz como que Jennifer López no ve muy claro que valga para el *choubisnes*. Lo de los setenta millones de discos vendidos es puritita casualidad.

¿Que hay hombres que sufren este mal? Pues sí, pero es que lo nuestro es masivo, queridas. El síndrome nos posee de una manera muy salvaje desde pequeñitas.

Y como a problemas, soluciones, vamos a ver si arrojamos un poco de luz sobre esta cosa tan molesta y así nos valoramos un poquito más y nos machacamos un poquito menos. Propongo lo siguiente:

Haz caso a tus amiguis: porque si ellas, que son tan fantásticas, creen que tú lo eres, habrá que darles la razón. No va a ser lo único en lo que estén equivocadas. Diles que escriban una lista de tus cualidades, imprímela y te la plantas al lado de la cama, o en el baño, o donde sea que la veas cada dos por tres.

Observa a tu alrededor: ¿de verdad el resto es tan guay y tú tan mediocre? Venga, VA.

Habla con otras. Con cualquiera. Lo típico de hablar con las madres a la puerta del cole o en la sala de espera del médico. Saca el tema, date cuenta de que ellas, como tú, como tantas, están majaras perdidas con el rollo de la impostora. Y no por lo de mal de muchas, sino para comprobar que no puede haber tanta inútil por el mundo, pero sí tanta autoengañada.

Deja de compararte con el resto del planeta y, si no puedes evitarlo, coño, compárate con todos, no solo con los de las cúspides. Y si te comparas con tu yo de hace un par de años, pues mejor que mejor.

Y ya me cuentas.

El sutil arte de mandar a la mierda

Cuántas veces nos habremos contenido ante la salida de tiesto de conocidos o desconocidos. En nuestro coco, un VETE A LA MIERDA gigantesco hacía temblar nuestras neuronas, pero no nuestra lengua. Eso no se dice, eso no se hace.

Hablaba el otro día con un amigo sobre nuestra incapacidad para ignorar a aquellos que no merecen nuestra atención, ya sea por su desinterés en nosotros o porque su interés nos provoca malestar. Le decía que aprendemos a manejarnos en las relaciones en nuestra más tierna infancia, con nuestros padres, y que el resto es solo una repetición de esos patrones; a no ser que lo solucionemos, claro. Nadie nos contó que, ante el abandono de un progenitor, podemos mandarle a la mierda y decidir, como consecuencia de su pasotismo, que si él o ella no quieren ejercer de padres, nosotros no queremos ser sus hijos. Las Navidades las pasas con tu tía Rita. Nadie nos dijo que podemos enfadarnos con ellos ni que no tenemos la obligación de asumir como propias las obligaciones de las que ellos no han sabido o no han querido hacerse cargo. A la mayoría, nos educaron para ser comprensivos incluso con lo incomprensible. Y así nos va.

Cuántas me mandáis mensajes contándome que no sois capaces de salir del bucle de una pareja de mierda: no me trata bien, no soy feliz, me es infiel, tiene otra novia. Y tú ahí, aguantando cual jabata. El estandarte máximo de esta majaronería (lo siento, pero lo es) es el convencimiento de que vas a poder ayudarle o de que un día cambiará. Venga, va, amigui.

Más de lo mismo con algunos amigos: que si son absorbentes, que solo habla de sus rollos, que hay que hacer lo que quiere porque si no monta un pollo. Y toda la pandi sometida a los designios de una sola persona. No digáis ni mu, que la lía parda, que quizás no me hable nunca más. Pues mira, qué alivio, maja.

Y podríamos extendernos hasta el infinito añadiendo compañeros de trabajo, jefes, profesores de tus hijos, padres de tus alumnos. No somos capaces de poner a los demás en su sitio porque no sabemos ponernos en el nuestro. Y, ojo, que servidora es la primera que entona el *mea culpa.* Y nunca mejor dicho, porque la maldita culpa es la que amputa nuestra capacidad para cabrearnos con razón y ponernos el mundo por montera. Sentirse culpable está mucho mejor visto en nuestra sociedad que andar mosqueada como una cabra. Desquiciada, histérica, que contigo no se puede hablar. Y tú vas y te lo crees. No soy razonable, yo también tengo lo mío, voy a agachar las orejas, será lo mejor.

Hoy leía un artículo sobre famosas que, tras una ruptura o infidelidad pública de su contrincante, se ponían un modelazo de la muerte. Ahí estaba Lady Di con su vestido negro, divina, el día en que su maridín iba a confesar que se había tirado a la Camilita durante años (que es que manda huevos...); o Katie Holmes, la semana pasada, con un sujetador de quinientos dólares tras romper con Jamie Foxx. El redactor habla de venganza y, sinceramente, ojalá se equivoque y, en realidad, fuera solo una manera de sentirse mejor, de decirse al oído que son válidas por sí mismas, sin necesidad de que un *atontao* (por muy príncipe que sea) apruebe tus movimientos. Si vengarse es equilibrar la balanza, ya me dirás tú cómo narices equilibras el egoísmo, la traición o el dolor. Ni falta que hace. Lo que sí necesitas es mandar a la mierda, en general, a él y a las cosas que echas de menos y que no van a volver. Puede que nunca existieran, que la mente es muy cabrona. A la mierda esa que eras mientras aguantabas carros y carretas. Mientras ella siga ahí, nada bueno puede pasar. A la mierda tu vida anterior. Con la de novedades que hay en el mundo esperándote.

A la mierda la contención, la discreción y la cobardía. A la mierda el sometimiento, los chantajes y el funcionariado emocional. A la mierda la mediocridad, los envidiosos y los manipuladores.

A la mierda.

Descárgate, mujer

Lo sospechaba: vamos como vacas sin cencerro y nuestro mal tiene un nombre: CARGA MENTAL. Lo he descubierto por un vídeo de Procter & Gamble, en el que varias parejas que declaran compartir las tareas del hogar en igualdad proceden a intercambiarse los móviles para revisar las tareas de cada uno. Las del hombre son tres o cuatro, la mayoría relacionadas con el trabajo. Las de la mujer… AY, LAS DE LA MUJER.

Pedir cita con el pediatra, ir al supermercado, comprar el regalo del cumple, llevar a un niño al cumple, encargar los uniformes, entregar el informe del último trimestre, llamar al técnico de la lavadora, tutoría con el profe del pequeño, mandarle el correo a mi jefe, comprar libretas, comprar calcetines, reunión con el equipo de marketing, encargar el pastel del cumple, llamar al cole para que le den dieta blanda al mayor, ir al dentista, llamar a mi madre, comprar jarabe…

La parte ejecutiva del hogar parece estar repartida en un 46% de los casos, porcentaje triste tristísimo. Pues el tema planificación está mucho peor. Está fatal de los fatales.

Ellos flipan, ellas se ríen (por no llorar). Ellos no eran conscientes de la lista interminable. Ellas tampoco, porque lo asumen como algo normal, porque la inercia histórica y vital se nos ha agarrado a los entresijos y nos convierte en autómatas. Tres de cada cuatro mujeres sufren de carga mental y la mitad ni lo sabe, porque piensa que es lo que toca, porque no parece haber alternativa, porque la vida es así. Y punto.

Hablamos de una carga invisible donde las consecuencias tampoco se ven, pero se notan. Para esa maquinaria mental que tenemos en marcha desde que nos levantamos hasta que nos acostamos lo último es nuestro bienestar. Llego a todo, menos a mis horas de sueño, a mi gimnasio, a mi yoga, a mi peluquería, a mis horas de lectura que tanto disfruto, a mi comida tranquila. Y, en muchos casos, si logras sacar un ratito para darte un gusto, ataca la culpa.

Mala madre, vaga, cochina.

La culpa no ayuda a nada, la culpa es una mierda como un piano.

Uno de los hombres dice, al observar ese listado interminable: «A mí me explotaría una vena del cerebro». Pues a nosotras también nos explotan las venas y los insomnios, y los dolores musculares. Y cosas peores. El batiburrillo mental crónico degenera en depresión, en ansiedad. Y aún habrá quien nos llame histéricas. Cortisol por las nubes, estrés, enfermedades, mal humor. No tenemos tiempo de recordar que hemos venido aquí a ser felices nada más. Y nada menos. Una mente al límite no es una mente feliz. El agotamiento físico se soluciona tumbándote en el sofá un rato. Lo del agotamiento mental es más complicado: hemos de cambiar nuestra estructura, la mental y la logística.

En los horripilantes chats de madres, como su propio nombre indica, el 65% son mujeres. Otro elemento más que se suma a la lavadora mental. Todo el día recordándonos QUE TENEMOS QUE, QUE DEBEMOS DE. Nuestros sueños se deshacen entre malabares cerebrales y acabamos agrisándonos. No nos da tiempo a evaluar la realidad porque se nos come. No somos capaces de profundizar en nuestras vocaciones, de aclarar las ideas, porque tenemos demasiadas. No tenemos tiempo de nutrirnos, de realizarnos, de crecer, de sopesar. La voluntad desaparece en una mente sobrecargada. Y como, además, todas sufrimos el mismo mal, no encontramos un referente al que imitar para acabar con esta majaronería.

Hoy es el Día de la Mujer y, aunque cada minuto de nuestra existencia deberíamos tener presente que nos merecemos lo mejor, vamos a tomárnoslo como esas dietas de los lunes, los propósitos de enero, los inventarios de cumpleaños. Vamos a repartir listados, no ya de acciones, sino de pensamientos. Entonemos un discreto *mea culpa* que nos recuerde que el mundo seguirá girando, aunque no lo empujemos. Girará más despacio, girará a trompicones, pero girará. Ser conscientes del peso insoportable de nuestro coco es el primer paso hacia la solución, como en todo. Tomar medidas es el segundo.

Oda al creador de los campamentos de verano

Mis hijos están en un campamento y yo soy feliz. Muy feliz. No pienso ocultarlo, ni añadir esos peros tan políticamente correctos. Pero les echo de menos, pero tengo muchas ganas de que vuelvan, pero la casa está triste…

Sin culpas y sin los machaques que se inventaron los que pretenden que seamos solo madres.

Y es que vivimos ahogadas en el «tengo que», «debo», «he de». Todo el día, sin parar. El «quiero», «me apetece», «tengo ganas» se quedan atrapados en una galaxia lejana anterior a las responsabilidades, a los hijos y al trabajo. Y eso es una mierda monumental, no nos engañemos. La desconexión de nosotras mismas es tan devoradora que ni nos percatamos de ella. Me echaba mucho de menos y ni me había dado cuenta.

Sigo trabajando, pero me parece que estoy de vacaciones. Esto es muy fuerte y muy maravilloso.

No recordaba lo que era levantarme en silencio, desayunar en silencio, ducharme en silencio. Silencio externo e interno, queridas. Estoy hueca y me siento FE-NO-ME-NAL. Solo tengo que levantarme, currar y procurarme galletas y Cola-Cao para no morir de inanición. No planeo al detalle los menús semanales. No le recuerdo a nadie, trescientas veces al día, que se cepille los dientes, que se haga el bocata, que se suene los mocos.

El sofá y Netflix son mis paraísos particulares. La casa está ordenada, pongo solo una lavadora a la semana. Ayer pasé hora y media haciéndome la pedicura en casa, no hay un gramo de piel muerta en mi cuerpo, llevo las cejas que ni Alicia Florrick, me planto dos mascarillas faciales diarias. El fin de semana he dormido hasta las once de la mañana, luego me he quedado en la piltra cotilleando Instagram sin prisa alguna y me he leído medio libro. En cuatro días me he ventilado las revistas de moda de los últimos tres meses. Siento como gano años de vida cada día, mis neuronas se regeneran, el colágeno ha vuelto a mí. Estoy tersa y radiante a más no poder.

Me he dado cuenta de que llevaba años sin escuchar mi música favorita en casa, así porque sí, durante horas. Con lo que me gustaba a mí mirar por la ventana, sin hora límite, e imaginar planes fabulosos con mis amigos, y llevaba una década sin rendirme a ese placer. Solo en esta semana hemos decidido recorrer las Highlands en caravana, bañarnos en el Pacífico mejicano, organizar un ciclo de pelis de buenorros este invierno. Miedo me da la que podemos liar hasta que mis retoños vuelvan al nido.

Me he propuesto hacer deporte; es más, ya he empezado a hacerlo, porque ahora importo solo yo. Existo, por fin.

He adquirido unos taconazos maravillosos con los que es imposible caminar, porque me he jurado a mí misma que voy a ir a cenar a sitios chulos, que no me podrán ni el cansancio ni la pereza. Ni el dolor de *pieses*.

Mantengo las raíces capilares supercontroladas. He aprovechado las rebajas y, por fin, duermo con pijamas cuquis de mujer y no con camisetas descoloridas de conciertos de los 90. Me he plantado unas pestañas postizas absolutamente maravillosas que hacen que tenga buena cara al levantarme, saliendo de la ducha, en el gimnasio. #LaPestañaEsVida.

Veo a mis amigos muchísimo, pero muchísimo. Me apunto al siguiente bar sin plantearme si al día siguiente estaré agotada. Porque, si quiero, puedo echarme una siesta. UNA SIESTA. Gloria al cielo, aleluya, bendito sea el Señor, dale a tu cuerpo alegría, Macarena.

Gracias al glorioso humano que inventó los campamentos de verano he vuelto a ser persona, a pensar en mí, a saber cómo es manejarse en el día a día sin derrapar. No viviré lo suficiente para agradecerte, *Señor Creador Campamentil*, estos días de felicidad suprema y, por todo ello, he decidido escribir a las gentes eclesiásticas para solicitar tu beatificación inmediata.

Nueve cosas que solo entendemos las madres

Los viajes largos en avión (sola) son lo más maravilloso del planeta: lo que antes era un coñazo supino es la oportunidad perfecta para leerte una revista de principio a fin sin interrupciones, para escuchar música con los ojos cerrados, para mirar al infinito, o sea, al asiento de delante sin pensar en nada, descerebrada perdida. Ya no hablemos de los transoceánicos, donde te zampas tres pelis seguidas. Es que ni siquiera te pueden llamar por teléfono. Que viva el aislamiento absoluto.

El madrugón es bien. Te levantas antes que tus hijos para tener diez minutos de silencio mental mientras ingieres el café con leche, el Cola-Cao en mi caso. Quien no tenga criaturas pensará que un café no es *pa* tanto, con lo que molan esos diez minutos en la cama ganduleando. Vosotras no sabéis que las papilas gustativas también se estresan y ya te digo yo que ni el café ni el chocolate saben igual cuando lo aderezas con los gritos de tus vástagos. A las ocho de la mañana se ha agotado la paciencia con la que contaba para todo el día.

Temes a la lluvia más que a una vara verde. Sí, ya sé que los hijos de las guays de Instagram, cuando no se puede salir de casa, hacen dibujos preciosos de su armoniosa familia. Los míos, en cambio, parecen cabras desquiciadas en fase de celo. Se hostian, gritan, ni ellos se soportan a sí mismos, cómo les voy a soportar yo.

El cine no es para ver pelis, sino para echar la siesta. Y os preguntaréis si no hay lugares más cómodos y baratos para el sueño que una miserable butaca. Pues mira, a veces lo mejor es enemigo de lo bueno. Más me gustaría a mí que tirarme en mi sofá para estos menesteres, pero allí no hay manera de ensimismar a las criaturas. Y en el cine están tan callados y quietecitos…

Amas a tus padres mucho más que antes, porque ahora se quedan con los nietos, y esa es tu única oportunidad de morir en el sofá sin hora límite. Porque no aprovechas esos días para salir como las locas, no. Lo único que quieres es amortizar tu cuenta de Netflix como si no hubiera un mañana, dormir sin orden ni concierto. Comer si te apetece, cuanto te apetezca. Nada de comidas equilibradas: bollos, queso, chocolate.

Lo que se puede disfrutar cruzando un semáforo de peatones en rojo no es ni medio normal. Porque lo de esperar diez minutos para cruzar sin que haya pasado un puto coche desde que la lucecita se ha puesto colorada es un desafío para los que no somos precisamente pacientes. Y caminas sola por la calle y TOMA, TOMA, TOMA, disco rojo va, disco rojo viene.

Sales con tus amigas a cenar y te quieres morir si se sienta un niño tocapelotas en la mesa de al lado. Antes te pasaba, pero ahora mucho más. Porque para dos horas que dejas de escuchar a los tuyos, lo último que quieres es que te reviente los tímpanos uno que ni te va ni te viene.

Amas los lunes: sí, ya sé que esto es de mala madre total, pero es lo que hay. Los lunes después de un puente son la hostia. Los que siguen a un puente lluvioso son lo más parecido a un multiorgasmo. Ahí estás tú, amando locamente tu jornada laboral, tan relajada y agradable. Quién te ha visto y quién te ve.

Salir de casa. Me refiero a salir de casa tú sola. Lo que con ellos supone una hora, lo apañas en diez minutos. Nada de pipís de última hora, de no encuentro mi juguete favorito, de justo ahora me he tirado el zumo por encima. Te vistes, coges el bolso y *ciao,* bacalao.

Y el resto de majaronerías que solo entendemos nosotras las escribo en otro post, que estoy sin niños y me llama el sofá.

La paz maternal y otros fenómenos paranormales

Creo que ya lo he contado en alguna ocasión: loqui perdida me quedé cuando leí que una famosa afirmaba en una entrevista que a ella la maternidad le aportaba mucha paz. Días más tarde, hablándolo con la mujer de un amigo, me decía que a ella le pasaba lo mismo. Quizás me lo habría zampado con patatas de no ser porque la mujer, quince minutos antes, me había dicho que estaba muy delgada porque con los tres niños no tenía tiempo ni de comer ni de dormir. También estaba el detalle de que, mientras hablábamos, uno de sus retoños paseaba por encima de la mesa y la otra le escupía la papilla en todo el jeto. Yo, flipando.

Vamos a revisar mi querida RAE, que establece que, entre otras cosas, *paz* significa:

> *Relación de armonía entre las personas, sin enfrentamientos ni conflictos.*
>
> *Ausencia de ruido o ajetreo en un lugar o en un momento.*
>
> *Estado de quien no está perturbado por ningún conflicto o inquietud.*

Sigo en *shock*. Creo que incluso más después de conocer la palabra a fondo.

Chata, no sé dónde ves tú la armonía, la ausencia de ajetreo o lo de que no estás perturbada. Pero si pareces la novia cadáver, joder.

Tras esa conversación y durante un tiempo se me olvidó el tema de esa Paz Maternal tan peculiar. Vamos, se me olvidó porque yo, que soy madre, no la veo ni la huelo ni *ná* de *ná*.

Y llegamos a esta semana de mierda. Sí, DE MIERDA.

A las ya de por sí rutinas maternales que a mí, personalmente, me matan, se le unen unas notas terroríficas por parte de mis retoños y una preciosa conjuntivitis de mi chiquitín el lunes por la mañana. Sí, ese mismo lunes en el que me había levantado a las seis para tener tiempo de hacer deporte porque esta era la semana del cambio, de las buenas costumbres, del ponerme en forma, comer superbién, currar a tope y organizarme como nunca ha visto un ser humano. Pues mis cojones. Corre a urgencias para que el pediatra te diga que el chaval no puede ir al cole durante dos días, mínimo.

—Pero, vamos a ver, ¿por un ojo un poco colorado?

—Sí, es que es contagioso.

Pues el que se lo ha pegado al mío está en clase tan pancho, porque en casa tenemos el blanco de los ojos que parece un anuncio de Ariel. Sanos, sanísimos.

Dos días metida en casa, y menos mal que soy *frilans*, que si no, tú dirás qué hago. Me subía por las paredes, por las ventanas, por las lámparas. Hasta que me acordé de la Paz Maternal. Y entonces fue peor: me cago en la Paz Maternal y en la madre que la parió también a ella.

El niño que, claro, como se encontraba de perlas, no paraba. «Que te sientes y estudies». «Que tengo sueño». «Que te sientes y estudies». «Que tengo hambre». «Que te sientes y estudies». «Que me duele el ojo».

Todo esto intentando currar. Una cosa preciosa.

En un arrebato de «Voy a evadirme porque no puedo con mi vida» cometo el error de cotillear los *stories* de las *celebrities* y, como Murphy es así de guay, una de ellas, junto a una foto de su nene jugando escribía: «Está malito y me encanta tenerle en casa».

Mira, hija, o tú eres de otro planeta o no sé yo. Ah, vale, tu hijo es un santo, tú eres la persona con más energía del mundo o quizás tienes a las cinco niñeras escondiéndose de la cámara. Insisto, me parece colosal, pero no me jodas...

La cosa no queda ahí, NO. Cuál es mi sorpresa (o no) cuando al día siguiente me levanto con un sospechoso picor de ojos, voy al baño y, ay, la hostia. Porque de todos es sabido que las enfermedades de los nenes a nosotros nos pillan multiplicadas por mil. Los ojos como huevos duros: hinchados, llenos de lagañas. Todo muy mal.

Pues nada, mi chiquitín, disfrutemos de la Paz Maternal juntitos, y gotita de colirio *pa* ti, gotita de colirio *pa* mí.

Nos espera otro precioso día de disfrute hogareño con la cantinela de los deberes, el pipi, el sueño y su tía Rita.

Ya andaba yo medio mentalizada, quizás porque sabía que solo me quedaba un día de fastidio. El pediatra dijo dos días y ni uno más. Y allá que está la criatura comiendo y observo que empieza a rascarse la cabeza de manera desmesurada.

No es posible, no es posible, no es posible. Sí, amiguis, lo es: los putos piojos atacan de nuevo.

Coge la liendrera para acordarte, una vez más, de que no sirve para nada y de que lo que tienes que hacer es dedicarte a esa actividad tan fina y elegante de despiojar a tu descendencia cual de si un chimpancé se tratara. A la de las *stories* supongo que lo de los piojetes le mola mucho porque así puede tocarle más el pelo a su nene, que eso une que no veas. Y relaja, sobre todo, relaja.

Ahí sí que me vi en el abismo: el pijama, los pelacos, los ojos fuera de las órbitas, el despioje y, obviamente, el picor en mí misma, temiéndome lo peor, que ya no sé si es lo peor porque ya he perdido el sentido de las cosas en general.

Y cuando me hallaba asesinando parásitos a diestro y siniestro me vuelvo a acordar de la colega aquella de la Paz Maternal y se me ocurre contarlo en mis redes.

#MATERNALPEACE, que no sé de dónde sale ni qué pinta tiene.

Ay, qué alivio tan grande me entró cuando me contasteis que vosotras tampoco habíais visto jamás a la Paz esa. Porque una ya se cree que es rara cuando no disfruta de las conjuntivitis, los piojos, las peleas entre hermanos y el tener a los chavales en casa liándola parda.

Tras este cúmulo de despropósitos y, como el Universo siempre está ahí para echarte una mano, hoy mi conjuntivitis y yo hemos tenido que salir de viaje por curro y adivinad: he encontrado la Paz Maternal.

Ahora sí que siento la ausencia de conflicto, de ajetreo y la armonía se han apoderado de mi ser con toda su fuerza, a pesar de que llevo trabajando más de diez horas.

Si es que no entendí bien a aquella pobre mujer. Ahora sí tengo clarísimo el significado de *Paz Maternal*:

Dícese de aquella paz que disfrutan las madres cuando no hacen cenas, ni ponen lavadoras, ni planchan, ni riñen, ni quitan piojos, ni desarrollan actividades propias de la maternidad. Vamos, cuando no hacen de madre.

Misterio resuelto.

The happy end: HISTORIA DE UN MASAJE

Me encantan los masajes, no me canso de ser masajeada y mi día ideal siempre empezaría con un buen masaje. Me he dado masajes en varios países, en Tailandia ya ni os cuento. Con esto lo que quiero decir es que me han dado muchos masajes de muchos tipos, muchas personas.

En Madrid me aficioné a un sitio thai maravilloso y carísimo de esos que abren siete días a la semana, catorce horas al día. Pero, hostia, me dejaba el sueldo, así que decidí hacer caso a un amigo que me recomendó un sitio de masajes a mitad de precio que las superthai y estupendo según él.

Allá voy yo, un tanto temerosa de que lo barato me saliera caro y, qué alegría más grande, cuando veo que el local es monísimo y muy zen.

Y aparece el masajista en cuestión: pelos rasta hasta la cintura y cejas depiladas rollo Spock.

Se me ha escapado una tribu urbana nueva, está claro. Me quedé un tanto patidifusa y pensé que, o se recogía el pelamen o se le iba a llenar de aceites esenciales.

Me llevó muy amablemente a la colchoneta colocada en el suelo que haría las veces de camilla. No camilla, rastas hasta el *jander*. Empecé a preguntarme cómo lo íbamos a plantear para que no me restregara los mechones por el *body* (a esas alturas ya veía yo que el joven no se iba a hacer ningún tipo de recogido capilar).

Me planté las bragas de papel rollo Dodotis y allá que le espero yo boca arriba tapada con unas telas étnicas a juego con las rastas.

Y empezamos.

Rasta Spock tenía las manos totalmente congeladas, joder. Me cabreo. Poco a poco se le fueron calentando.

Aquello no era tan thai como mis amadas thai carísimas, pero bueno, su aceitito caliente, presión adecuada…

Y me pongo boca abajo.

Qué bien, ha llegado el momento. Tenía contracturas hasta en la rabadilla y el momento masaje espalda es siempre celestial. Además, Rasta Spock me había preguntado dónde las tenía. «Aquí», había dicho yo, señalando mi lomo. No había pérdida. «Entre los omoplatos, sobre todo», había concretado, por si no percibía las contracturas tamaño mandarina. No podía fallar.

Mujeres del mundo que tenéis una talla de sujetador superior a la 85, sabéis que, cuando te pones boca abajo, el pechamen sale por los lados, ¿no? Bien, yo no estoy precisamente plana, con lo cual por los lados sale bastante. Pero el tema es que en los flancos no tengo contracturas, con lo cual las glándulas mamarias no habían molestado jamás para nada. Hasta que llegó Rasta Spock.

No me preguntéis en qué escuela thai estudió, o dónde se pensaba que estaban mis omoplatos.

Me masajeó los flancos, o sea, la media teta que se me salía por ambos lados, aproximadamente setenta y seis veces.

Qué momento, señores. ¿Qué hago?, ¿le digo algo?, ¿se trata de un movimiento nuevo desconocido por las thai pero muy en boga entre los masajistas thai semijamaicanos?, ¿o me está metiendo mano descaradamente? Si ese es el caso, ¿lo disfruto? Joder, desagradable no es, aunque el rollo Rasta Spock no es lo mío…

Decidí relajarme y disfrutarlo, de momento.

Ni que decir tiene que, llegado el momento, las contracturas del culo las encontró y las trató, pero a base de bien.

Braga Dodotis metida por el *jander* hasta el intestino y, hala, a amasar.

Acaba la manoseada trasera, volvemos a darme la vuelta. «Si por detrás me ha puesto fina, lo de por delante ya puede ser sideral», pensé yo.

El chaval, muy profesional, me planta una toallita tapándome las tetas (las que ya me había manoseado hasta la saciedad) y me baja la braga Dodotis hasta el más allá.

O sea, no me ves las tetas, pero me estás viendo el jilguero. Bien.

Toca el masaje barriguil.

No sé dónde pensáis que acaba la barriga por la parte inferior, pero yo os lo voy a aclarar: justo donde empieza la rajita. O sea, la parte superior del chirri pertenece al abdomen, al menos en la zona de Tailandia donde Rasta Spock estudió.

Os recuerdo que, para más inri, yo estaba con los ojos cerrados, así que tampoco tenía muy claro por dónde pasaba la mano, era todo un rollo sensorial. Pero vaya, que sensorialmente tengo muy claro dónde tengo la barriga y dónde el parrús.

Ahí ya me empecé a plantear seriamente que la cosa se podía desmadrar (aún más) y me asaltaron de nuevo las dudas: ¿y si baja más la mano?, ¿me dejo o le *fostio*? Por un lado, la situación era cachondona, pero cuando lo físico me ponía tontorrona, lo cerebral me recordaba el *look* Rasta Spock y la líbido se iba a tomar por c**o.

Y yo que había venido a relajarme y me estoy contracturando aún más…

Acabamos con la zona pélvica y vamos a la craneal.

Y ahí es cuando la problemática que yo había formulado al principio se manifestó. Rasta Spock sentado en la parte superior de la colchoneta, masajeándome pescuezo (por fin me toca alguna contractura alejada de mis zonas erógenas), y una de sus rastas dando paseíllos por mi jeto.

Cagontoloquesemenea.

Vamos terminando y el joven me envuelve cual rollito de primavera en las telas étnicas.

Él que me pregunta qué tal y yo, medio adormilada, medio al borde del colapso, le balbuceo: «Bien», añadiendo mentalmente: «¿Y tú, cari, te has quedado a gustito?».

Y el colega que se abalanza para darme dos besos y yo, que por el desarrollo de los acontecimientos pienso que me puede meter la lengua hasta el duodeno.

No lo hace.

«Chato, si me besas, que tampoco es necesario (las thai no me besan JAMÁS), lo haces cuando esté vestidita y pagando y no en bolas hecha un canelón.»

Ya vestida y por las calles no salía del *shock*. Y en estos casos lo mejor es llamar a una amiga. A poder ser a alguna que se vaya a descojonar.

—Mabel, querida, salgo de un masaje thai dado por un Rasta Spock y juraría que me ha pegado la metida de mano del siglo.

La otra se descojonó, más por imaginar las rastas y las cejas *together* que porque me metan mano y encima pagando.

Le planteé varias preguntas:

—Tía, y si la cosa hubiera ido más lejos, ¿qué hago?, ¿me dejo?

—Pues si te ape…

Siguiente cuestión:

—¿Y le dejo propina?

—¡Pero qué dices, tía! Para nada. Que lo hace porque quiere. Si acaso te tiene que hacer descuento.

Joder, cuánta sabiduría encerrada en un cuerpo tan pequeño.

A medida que pasaban los días, más claro tenía que Rasta Spock se puso fino filipino pero, aun así, dudaba si volver a que me masajeara. La verdad es que me cobraron la mitad que las thai y tampoco estuvo mal. ¿Si vuelvo pensará que me ha gustado y quiero aún más?

En un momento dado y si lo negociaba bien, podría sacar descuento a cambio de disimular y hacer ver que tengo contracturas en sitios donde no hay ni músculos. Al final, lo que más me molestó fue el paseo de su rasta por mi cara.

De repente, recordé un capítulo de *Sexo en Nueva York* en el que Samantha se ofende porque un masajista buenorro no la proveyó del final feliz que les había dado a otras clientes. Con lo que me mola a mí la serie, Samantha y los finales felices.

Superintrépida, cogí el teléfono para pedir hora con Rasta Spock. Y le visualicé, tan Rasta y tan Spock. Y visualicé también al masajista buenorro de Samantha. Joder, nada que ver. Seamos realistas, yo nunca fui de sucedáneos.

Así que no llamé y regresé a mis queridas thai. Sí, me cobran el doble, PERO ME ESTRESAN LA MITAD.

Se me ha muerto el chirri

No es broma, no os riais.

Se me ha muerto, pero de verdad. Agonizaba desde hace tiempo, el pobre. Su declive comenzó hará unos seis años. Aún no sé si la falta de actividad fue causa o consecuencia de la enfermedad. Cada vez estaba más cansado, le daba más pereza ponerse en movimiento y, cuando lo hacía, era para luego arrepentirse. «Total, para esto...», solía decir.

Han sido varios los factores los que han agravado su dolencia: la falta de chicos apetecibles; la menopausia, que lo dejó sequito perdido; el cansancio propio de la maternidad... En sus últimos tiempos, si le dabas a elegir entre dormir o hacer deporte, él siempre prefería irse a la camita. Solo, por supuesto. Creo que estaba deprimido.

Yo he hecho lo que he podido: le ponía guapetón, bien peinadito, a ver si así se animaba. Pero nada.

Hablé con él, le dije que no podía ser tan exigente y, con toda la razón, me contestó que no había venido a este mundo a zamparse cualquier cosa y que, además, la que iba a cargar con las consecuencias de que él no supiera elegir bien era yo. Mareadores, tíos que desaparecen, sosainas, son especímenes que abundan en nuestros días y hay que andarse con cuidado. «Sol, no es tan fácil encontrar un buen empotrador —me repetía—, y ya no tenemos edad de andarnos con tonterías. Aquí, o se fornica bien o no se fornica».

Sabias palabras.

En muchas ocasiones recordábamos juntos aquellos buenos tiempos en los que era tan fácil localizar amiguitos dispuestos a darnos diversión. Íbamos a una fiesta, conocíamos a un chico, nos enrollábamos con él y luego pues le volvías a ver o no, pero no había complicaciones, ni antes ni después del coito.

Pero los tiempos cambiaron y, con ellos, las personas. Cada vez salíamos menos, cada vez había menos amiguitos y más dificultades. Que si te llamo, que si no, que si quedamos, que te acribillo a wasaps pero luego nada, que se ha muerto mi abuela (por sexta vez), que tú me felacionas, porque eso es lo «normal», pero que yo no bajo ahí ni muerto…

Los avances tecnológicos, tan útiles para algunos, a nosotros nos hicieron mucho mal. Nosotros somos de piel con piel, de charla previa, de ver, oler, tocar. El Tínder lo invadió todo y las leyes del mercado hicieron su trabajo: el usuario quiere inmediatez, facilidad, seguridad. Y eso no lo encuentras en un bareto de Malasaña.

El resto es historia: intenté que recuperara la ilusión por la vida, forcé algún encuentro, pero el remedio fue peor que la enfermedad. Esos polvos que buscaban la resurrección solo consiguieron agravar el padecimiento.

Llevaba días sin hablar con él, cuando ayer me di cuenta de que no reaccionaba a mi llamada. «Despierta, despierta, chirri mío», pero ya era tarde. Llamé a mi amiga médico, esa que de tantos apuros nos sacó cuando él aún vivía, y me confirmó lo que me temía. «No hay solución, Sol, quería irse. Ya no podía más. Asúmelo».

Y aquí estoy, pensando que es mejor así, que no hemos venido a esta vida para sufrir y que él ya tuvo lo suyo.

Descanse en paz.

Seis ventajas del celibato (o sea, de no comerte un *torrao*)

Estaba yo el domingo de *brunch* con mis amiguis, cuando surge la típica conversación de que si hace mil años que no pillo cacho, que si ya ni me acuerdo de la última vez, que si el otro día al ducharme me vi el arbusto y casi grito.

Y es que, queridas, no sé si os pasa a vosotras, pero en mi tribu hay una sequía que ni el Sáhara.

A todo esto, mi amiga Cristina, que es toda ella positivismo, buen rollo y vaso medio lleno (aunque el chirri lo tenga vacío hace ya una eternidad), nos suelta que lo del celibato tiene sus ventajas, y que no son pocas.

Yo es que oigo «celibato» y visualizo a mis monjitas de la Inmaculada Concepción. Muy majas ellas, pero, hostias, para nada mi modelo de vida. Porque, además, eso suena a «Para siempre», a «Chiringuito cerrado *forever*», a «Se acabó lo que se daba».

Mientras yo entonaba todas estas afirmaciones, mis coleguitas me miraban muy atentas. Miedo me dan cuando se ponen así.

—Sol, chata, al menos, si te declaras célibe es porque lo eliges tú, porque has tomado una decisión firme, y no porque el mercado esté fatal y no haya manera de engañar a ninguno para que te pegue un meneo.

Si es que son unas sabias, joder. Por algo las quiero tanto. Dicho y hecho: soy célibe y superconvencida, además. Si es que esto es un chollo, ya veréis…

1. Descansas mogollón física y mentalmente: ya no solo porque no forniques, que eso agota. ¿Qué hay de toda esa energía desperdiciada en wasap viene, wasap va? Que si quedamos, que si no, que si te digo guarradas, que si te mando foto, que mi abuela se ha muerto, ah, que solo estaba mala, venga que por fin vamos a darlo todo. O no. O sí. O yo que sé. Cuando ya has decidido que *nunca mais*, ni te marean.

2. Ahorras en bragas: nada de encajes negros, te compras esos paquetes de diez bragas a siete euros, de algodón, con florecitas a lo Laura Ingalls. Total, si solo las vas a ver tú y tus amigas, también célibes, cuando os vayáis a algún retiro espiritual a Segovia.

3. No tienes que depilarte o, al menos, no tan a menudo. Una cosa es ir aseadita y otra sufrir por si se te ha quedado el más mínimo *pelamen* fuera de lugar. Las que nos hicimos el láser y luego nos convertimos en célibes acérrimas hicimos una mala inversión. Ay, de haberlo sabido…

4. No sufres por quedarte preñada. Ya, sí, que para eso están los condones, las píldoras, los dius y las ligaduras de trompas. Quita, quita, todo artificial y dañino para nuestro sistema hormonal y nuestras alergias vaginales. Lo orgánico está de moda, por algo será. Hagamos nuestros chirris sostenibles.

5. Hablando de vagina, lo de la *no fornicatio* te evita un montón de picores, infecciones, inflamaciones (que, de todos es sabido que te pilla uno grandote y te lo deja como una hamburguesa) y *funghi* por ahí abajo, que son lo peor de lo peor. Hala, otro ahorro, esta vez de Gi-

necanestén. Lo veo claro, un año más de célibe y me compro un piso.

6. Te conviertes en una experta en series, que también son cultura. Es un hecho: el tiempo es limitado, y está claro que Netflix, HBO, Yomvi y Prime Video (sí, tengo TODOS los canales de pago habidos y por haber, QUÉ PASA) han sustituido al chocolate como sucedáneo del follaje. Y encima están todos buenos, no hay más que ver *Juego de tronos*, *Altered Carbon*, *Vikings*, *Outlander*. Y es que los señores directivos de las cadenas estas son unos visionarios y unos investigadores de mercado incansables, así que saben que lo del celibato es tendencia y se aprovechan de ello, los muy cabrones.

Me he parado a pensar cinco minutitos así a lo tonto y ya tengo seis razones para defenderlo a capa y espada. Los de Netflix me apoyan, y los de ING, en cuanto vean la pasta que pueden hacer a base de cuentas de ahorro, me patrocinan el blog.

Y esto es solo el principio.

1986: EL AÑO DEL ÚLTIMO MORREO

La obsesión musical de esta semana ha sido Lionel Richie. La semana anterior Stevie Wonder. Estoy muy afroamericana últimamente. Escuchando al bueno de Lionel recordé que *Say you, say me* fue la primera lenta que bailé.

Si no sabes lo que eran Las Lentas es que tienes menos de cuarenta y no has vivido algo que marcó la adolescencia de toda una generación. Lo siento por ti pero es así: en la vida de todo *teenager* que se precie hay un antes y un después de Las Lentas.

Yo descubrí este fenómeno allá por 1986 en una disco a la que íbamos los domingos de cinco a nueve.

Durante toda la tarde te deleitaban con los temazos de Rick Astley, Modern Talking, C.C. Catch, etc., y a las siete en punto cortaban de sopetón. Silencio tenso de cinco segundos, pulso acelerado, pupilas dilatadas y los primeros acordes de la canción más romántica de la galaxia.

Pista completamente vacía, buscas con la mirada al chaval que te mola esta semana y, hostia, que no lo ves.

Te quedabas tiesa como un palo, sin hablar con tu amiga que permanecía sentadita a tu lado, impertérrita, y llevaba el mismo tupé que tú. Porque si abrías el pico podían creer que estabas demasiado ocupada como para bailar. Mascullabas, cual ventrílocua, comentarios supercortos para que nadie se percatara.

Dedos cruzados por debajo de las mangas hiperlargas de tu jersey Privata.

Ruegos al cielo que apareciera y te dijera: «¿Bailas?».

En ese momento tú soltarías un «Pues vale» de lo más relajado, como si no llevaras pensando toda la semana en esa media hora que cambiaría tu vida para siempre.

Sudores fríos.

No aparece.

«Esto dura treinta minutos y ya han pasado tres».

Al que sí veías es al número dos del *ranking* semanal de amores eternos.

Se acerca.

«Mierda. Y si, ¿mientras bailo con este aparece el número uno?»

«¿Y si le digo al dos que no y el uno no se presenta?»

«¿Y si digo que no y el uno aparece pero no me saca? Mi vida pende de un hilo.»

Estoy convencida de que la mayoría de mis canas se deben al estrés acumulado en aquellos domingos del 86.

Y os preguntaréis: ¿Tanto rollo por un baile? ¿Quizás lo emocionante era la conversación con el maromo? No recuerdo cruzar ni una sola palabra en medio de aquella minipista redonda. El objetivo único del bailoteo lento era el momento en el que, usando la bola de espejos discotequera a modo de muérdago, el número uno o, en el peor de los casos, el dos, deslizaba su barbilla desde tu oreja hasta tu comisura con voluntad de morreo inminente.

Y te morreaba.

Y lo flipabas.

Porque en el 86 el morreo era EL MORREO, no un preludio necesario de lo que va después. El morreo era un ente en sí mismo, con vida propia. Era el fin y era el medio. Y había que hacerlo bien, porque era lo único que existía en el mundo.

Todo desaparecía alrededor del morreo.

Había tiempo limitado porque Las Lentas duraban treinta minutos. Más allá de eso reinaba la incertidumbre. Morrearse en el minuto treinta y tres implicaba, como mínimo, que salíais juntos.

A medida que pasaron los años Las Lentas se fueron diluyendo, los treinta minutos se fueron acortando hasta desaparecer. El morreo, pasado el 89, se infravaloró sin remedio. Y así nos va.

Podríamos forzar la máquina y organizar una fiestecita con música de los 80 a ver si lo recuperamos, pero ya no sería lo mismo.

Ya no llevo tupé ni un jersey Privata. No hay bola de espejos discotequera. No me gusta un chaval diferente cada semana, ni uno al mes. Con suerte uno al año. Y se supone que después del morreo, a estas edades, llega el sexo, un noviazgo no muy largo, la boda o los hijos... Y eso le quita magia, quieras que no.

Así que me conformaré con escuchar a Lionel hoy a las siete en punto. Cerraré los ojos y me acordaré del número uno y del número dos y de todos los números de los que me enamoré cada semana y que me besaron bajo aquella bola de espejos, durante media hora, en la minipista de los domingos del 86.

SOBRE RELACIONES Y TAL

DEJA DE MAREARME, CHAVAL

Hay que vivir para escribir y mis mejores posts han nacido de alguna experiencia intensa que, o me ha dado la vida o me ha puesto del hígado, como el asunto que nos ocupa hoy: EL MAREO.

MAREAR: Acción llevada a cabo por el Mareador, que consiste, entre otras lindezas, en RESAPARECER (desaparecer + reaparecer periódicamente con la única intención aparente de llamar tu atención de manera gilipollesca). La conducta del Mareador parece no tener un objetivo definido pero sí lo tiene: MAREAR.

Características del Mareador:

1. LA RESAPARICIÓN: le conoces, le das tu número (cosa de la que te arrepentirás *FOREVER*) y te mensajea MUCHO, quedáis y, normalmente, fornicáis. A la fornicación le ha precedido una cantidad enorme de mensajes inversamente proporcional a la que vas a recibir tras la *fornicatio*, que es CERO. Todo bien hasta ahí. Ya sabemos de qué va esto, que somos mayorcitos. Y entonces desaparece y reaparece, o sea: RESAPARECE. Las estadísticas indican que de cada quince veces que te contacte, diez serán para

nada (o sea, PARA MAREAR) y cinco para quedar, de las cuales se hará efectiva una. Las otras cuatro se cancelarán porque su abuela se ha muerto (sí, se morirá cuatro veces, QUÉ PASA.)

2. SOLO HABLA DE LO QUE LE INTERESA, o sea de:

A. Él mismo: el yo, mí, me, conmigo en estado puro. «Yo soy esto o lo otro», «Trabajo en lo de aquello y lo de más allá», «Mira esto que he hecho y verás aquello que haré», «Yo me fui de vacaciones allí y no veas que bien»... Y tú ni mu.

B. Vuestros encuentros sexuales: hace referencia a algún momento del/de los polvo/s que habéis echado o de las «pedazo de tetas que tienes», esperando que se te caigan las bragas. Ahí tendemos a pensar que el objetivo es que os volváis a enrollar, pero no. El objetivo siempre es marear. Si fornicas será de puritita casualidad.

3. Íntimamente relacionada con la anterior está la habilidad del Mareador para ponerte cachonda como una perra y luego marcharse sin más. Sí, señores, las famosas calientapollas han mutado y ahora son calientachirris. Se extienden cuales plagas bíblicas. Y tú te preguntas: «¿Pero qué es lo que pretende al dejarme de esta guisa?». Lo que pretende, querida, es marearte. *Ná* más.

4. EL MORRO: cuando un Mareador es, al fin, descubierto y le planteas cosas tales como «Por favor, ¿podrías dejar de marearme», «Te importaría decirme con claridad qué pretendes?» o «¿Puedes irte a tomar por culo y marear a tu tía Rita?», él responderá como si no supiera de qué le hablas y balbuceará un «Yo solo quería...», «Es que, cómo eres...», «Hija, qué borde...». Inaudito. Ah, y por supuesto no te

hará ni puto caso y seguirá *resapareciendo* hasta que a él de le la gana o tú le bloquees en todos tus dispositivos móviles.

5. LA IMAGINACIÓN: esta es una característica que no se da en todos los Mareadores pero que me resulta apasionante. Habéis quedado unas cuantas veces, fornicado más o menos las mismas. Y de repente y sin venir a cuento te dice que deberíais hablar y te cuenta que él no quiere nada serio. Tú con cara de póker pensando: «Por fin consigo un follamigo y ya verás cómo se me acaba el chollo». Y efectivamente, se te acaba sin saber muy bien por qué. Pero no para siempre, noooooo. Recuerda la característica primordial: LA RESAPARICIÓN.

Y podría seguir, pero paro, porque seguro que tenéis mucho que añadir, queridas mías. Contadme de vuestros Mareadores y hagamos un post conjunto.

¡Besos!

El Mareador: tipologías y características

No podemos negar la evidencia: nos marean. O nos dejamos marear. El caso es que este fenómeno paranormal se da muchas más veces de lo deseado. Si no, ¿de qué iba a ser mi post sobre ello el más leído de la historia de estas claves?

Es por ello por lo que la investigación ha de ir mucho más allá. Profundicemos, amigas, porque solo el conocimiento al detalle nos salvará del Mareador.

Es común la confusión. Muchas veces no tenemos claro si nos están mareando o no, y esto es porque existen tantas tipologías de Mareador (y Mareadora, supongo) que es imposible enumerar unas características comunes a todos ellos. Yo, hasta el momento, he detectado las siguientes variantes:

El Mareador Común. No hay duda con este. No se corta un pelo. Marea, lo sabe, lo disfruta. Cree que es un derecho innato. Es tan jodidamente descarado que no te lo puedes creer y, de hecho, no te lo crees, por eso sigues ahí, haciendo el gilipollas, sometida a sus vaivenes. Él es el caso más típico. Te llama para quedar, luego cancela. Te manda un wasap, cuando contestas él ya ha desaparecido. Y blablablá.

El Mareador Sensible. Me atrevería a afirmar que este es aún más peligroso que el anterior. Sus ojitos de cordero *degollao*, sus excusas, su discurso cariñoso pueden confundirte MUCHO. Es capaz, incluso, de presentarse como víctima cuando tú, ya *jartita* de sus «te echo de menos», «muero por verte», «he soñado contigo» seguidos de sus «me ha dado una insolación, tenemos que posponer», «maldito corte de digestión, no puedo quedar», «me he roto una pierna, mejor lo dejamos para otro día», le mandas a tomar por el *jander* con todas las letras. Es de los que te preguntará si te pasa algo con él, te reprochará que estás muy borde y, por supuesto, no te hará ni puto caso y seguirá con sus mensajes de amor a las seis de la mañana hasta que le bloquees.

El Mareador Transoceánico. Normalmente es un exnovio, exrollo o exalgo que tuviste cuando pasaste un año en USA, o un verano en Londres, o unas vacaciones en Sicilia. Lo vuestro fue amor del bueno, o no, qué más da. El tema es que, periódicamente, aparece. Te manda fotos suyas subiditas de tono porque, claro, está lejos y si no, la cosa no se calienta. Cuando ya te tiene tontorrona perdida empieza con los «te quiero mucho», esa frase tan ambigua que le puedes decir a tu hermana, a tu madre, a tu perro o al amor de tu vida. Y ahí te quedas tú pensando a qué se refiere exactamente. En el peor de los casos, la foto se convierte en una cantidad ingente de mensajes que reavivan vuestra pasión hasta límites insospechados. Esta tipología se subdivide en:

- Mareador Transoceánico Ennoviado. Aquel que, tras tres mil doscientos mensajes de amor con sus correspondientes fotos picantes, te confiesa que, o tiene novia (y se le había olvidado) o justo acaba de conocer a una que vive en su barrio (qué casualidad) y no a tres mil kilómetros como tú. Así que casi mejor te vas pegando una duchita fría, guapa. OBVIAMENTE, no será él el que confiese, motu proprio, la existencia de la chati. O te lo encuentras de morros en su foto de perfil de Facebook, donde aparecen abrazados y sonrientes, o te lo confiesa tras un interrogatorio que ni la CIA.
- Mareador Transoceánico Desaparecido. De la noche a la mañana se lo traga la tierra. No contesta ni llamadas,

ni mensajes, ni *mails*, ni privados de ninguna red, ni telegramas, ni burofaxes. Es inevitable, tu primer pensamiento será que ha tenido un accidente. Dejas de llamar a los hospitales cuando le ves en Facebook sano, sanísimo y de copazos con los amigos.

- Mareador Transoceánico Recurrente. No es más que un Mareador común pero que se extiende en el tiempo de forma desorbitada. Cada cinco años aproximadamente, reaparece, te marea y luego ni mu hasta el siguiente lustro. Por razones obvias, esta variedad se da normalmente pasados los cuarenta. Más que nada porque antes no hay margen suficiente. Personalmente, encuentro a este Mareador incluso entrañable: lleva media vida contigo, ya sabes de qué va el tema con lo cual no te comes el tarro. Eso sí, aburre.

Ahora mismo se me ocurren más prototipos de Mareador, pero mejor lo dejo aquí, comentamos y, si eso, la semana próxima seguimos con el tema. Ah, por favor, no os cortéis, añadid los tipos de Mareador que hayáis descubierto. La lista es larga, amiguis.

El Mareador sin piedad regresa por Navidad

La Navidad y los cumples son las ocasiones favoritas de los Mareadores para *resaparecer*. Y no hacéis más que darme la razón: os están mandando wasaps a mansalva, a lo salvaje, como si no hubiera un mañana. Están totalmente descontrolados.

Algunas me decís que, después de ocho años, el susodicho os ha enviado un mensaje. Otras que solo han sido unos meses de ausencia, tras veintisiete *resapariciones*. Lo gracioso del asunto es que cuando, hartas de otra retahíla de textos, les decís que os toméis un café, en lugar de tanto mensajito, ZASCA, vuelven las evasivas: que si tengo cena navideña, que me duele la cabeza, que si mi abuela fuma.

Y es que, pensadlo bien, llevan meses sin excusas para tocarte el moño (porque tocarte lo otro, por desgracia, no es su objetivo) y, de repente, aparece diciembre con su Nochebuena, su Navidad, su Fin de Año. Un abanico enorme de posibilidades para volver al ataque. Me los imagino frente al calendario, frotándose las manos, siendo muy felices.

Ahí estamos nosotras, flipando cuando, tras oír el *pipiiiiiiiiiii* en el móvil, leemos su nombre y debajo un precioso mensaje, en el mejor de los casos con fotos de renos, abetos navideños y, si el tío tiene mucha jeta, una imagen de su pene con gorrito de Papá Noel. #RealStory.

Y es que aún tenemos capacidad para sorprendernos, lo cual no deja de ser bonito. Pero, hijas mías, una cosa es sorprenderse y otra muy diferente contestar. Sí, sí, contestas. Porque, poseída por el espíritu de la Navidad, piensas que sus intenciones son buenas; porque no te puedes creer que aproveche tan sagradas fechas para marearte otra vez; porque tienes mala memoria y se te han olvidado las otras doscientas cincuenta veces en las que hizo lo mismo.

Ay, amiguis de mis entresijos, ¿es que no os he enseñado yo nada? Vamos a recapitular un poquito, que siempre va bien:

1.EL MAREADOR NO ES RECUPERABLE.

NUNCA.

JAMÁS.

IMPOSIBLE.

El marear es al Mareador lo que respirar para el resto de los humanos. Lo necesita para seguir viviendo. Y, oye, que es muy respetable. O no.

2. Dios nos hizo libres. Libres para marear y libres para mandar a tomar por culo.

Una y otra vez, si es necesario.

3. El no contestar no te convierte en mala persona, sino en una de lo más pragmática y fabulosa. Si te sirve de consuelo, te contaré que el mismo mensaje que te ha enviado lo han recibido otras treinta y tres tías a lo largo y ancho de la geografía mundial. Créeme, no exagero. Yo sé de esto.

Bloqueemos a nuestros Mareadores. Y es que, queridas mías, ese precioso botón es lo mejor que se ha inventado desde el tampón y la fregona. Es mucho más cómodo que hacer un copiar/pegar diez veces de un enorme VETE A LA MIERDA. Y además estamos en Navidad y estas cosas dan mal rollo, quieras que no. Es preferible que sus palabras de Mareador se queden en el limbo de las ondas electromagnéticas a que tus chakras se desordenen.

Bloquea, pero a lo loco. En todas las redes sociales. En todos los teléfonos. En toda la galaxia. En todo el Universo. Porque si el Mareador no para, habrá que pararlo.

Digo yo.

El autoamor como antídoto contra las relaciones tóxicas

Lo hablaba hoy con mi psicóloga: ¿qué coño nos pasa a las tías?

Perdón, que empiezo a bocajarro porque la cosa me mosquea, me remueve y me descoloca.

El sábado me contaba una amiga sobre su primer marido: llegó a las manos, intentó vaciar la cuenta común. Antes quedé con otra a la que también pusieron la zarpa encima. Tuvo que salir huyendo de casa con sus dos hijos y en pijama.

El domingo, Ana me contaba que, a los veinte días de nacer su hija, el padre de la criatura desapareció con su amante para volver a los tres meses exigiendo sus derechos. Por no hablar de Cristina, que, tras mantener a toda la familia durante quince años, va a tener que pasarle pensión compensatoria al susodicho (otro con orden de alejamiento). Y suma y sigue...

No lo tenemos fácil. La tradición cristiana que llevamos las mujeres pegadita a la piel, por mucho que nos joda y nos pese, nos empuja a entonar como aceptables vocablos tan apestosos como *compensar* o *aguantar*. La última frase de moda es: «Las parejas hoy en día no duran porque la gente ya no aguanta nada».

Obviamente, por supuesto, pues claro.

Porque la calidad y la duración de las relaciones, sean del tipo que sean, no ha de basarse en la capacidad de sacrificio de uno o de los dos componentes, sino en el amor.

Al grano, queridas: nos marean más, nos maltratan más. Nos vapulean porque nos dejamos, ni más ni menos. Siempre hubo un mal gesto ante el que teníamos que haber salido por patas, pero no lo hicimos. Siempre hubo un primer desplante, pero pensamos que sería solo uno, y luego solo dos, y luego trescientos cuarenta y cinco. Cuántas me escribís porque andáis hechas mierda por uno que os promete el oro y el moro y luego os deja tiradas a la primera de cambio, y ahí seguís. Y ahí seguimos.

Porque nos amamantaron con la creencia de que, si yo amo locamente como Las Grecas, a mí me querrán igual. Porque si yo estoy siempre ahí, esperando, en algún momento él se dará cuenta de que soy lo mejor que le ha pasado y vendrá a por mí, y dejará de marearme, de ponerme los cuernos, de tratarme como a una mierda. Pues sigue esperando, chata. Y, además, ¿de verdad te interesa tal gilipollas?

Porque el que es capaz de tratar a alguien como una mierda es una mierda en sí mismo. Y no queremos gente mierda, queremos gente fabulosa que, gracias a Dios, es la mayoría. ¿Que por qué a ti te tocan siempre los crueles? Porque ellos tienen un olfato supersónico para detectar a las/los que están dispuestos/dispuestas a que cualquiera meta el dedo en sus grietas hasta convertirlos en pedazos de lo que un día fueron. Y tu disposición al sometimiento huele. A la legua.

Y es que hacemos lo que podemos con lo que tenemos, porque nadie nos contó que el amor más grande lo hemos de guardar para nosotras mismas, que eso no es egoísmo, sino inteligencia y saber estar. Porque el centro del Universo está en nuestro ombligo, no en el del que duerme al lado. A alguien se le olvidó enseñarnos que esto que somos es grandioso, y que nadie lo sabrá si nosotras no lo gritamos a los cuatro vientos. Nadie nos dijo que somos nuestras, solo nuestras. Por dentro, por fuera, en toda nuestra extensión.

Ojalá en el colegio enseñaran que la obediencia y el sacrificio no son virtudes, sino lastres insoportables, y que no vinimos a esta vida a satisfacer las necesidades de otros, sino las nuestras.

Nadie nos enseñó, pero nunca es tarde para aprender, para pasarse el guante de crin por el coco y por el cuerpo, y dejar que la culpa, el miedo y el sufrimiento se vayan por el desagüe. Nunca es tarde para plantarte, decir basta y dejarte el dedo en el botón de bloqueo del móvil, de Facebook y de la madre que lo parió.

Échale un ojito a las que decidieron vivir en lugar de sobrevivir, a las que cogieron el toro por los cuernos y no dejaron pasar ni un día más, y compáralas con las que siguen sumergidas en la mierda, sacando la cabeza de vez en cuando para respirar.

Que tú ya existías antes de él, y volverás a hacerlo. Solo que existirás mejor.

Te lo prometo.

Cómo despedirse del Mareador de una vez por todas: caso práctico

A ver, amiguis, que ya he escrito sobre el tema una y otra vez. Pero seguís enviándome mensajes de SOS. Él sigue que te sigue, te llama, no te llama, te mensajea, quedáis, te deja colgada, te enfadas, le ignoras, le ignoras, le ignoras, te suplica, te suplica, quedas con él, te pega un meneo, te ignora, le llamas... Y así podríamos seguir por los siglos de los siglos.

Ahora estás pensando: «Qué *hijaputa* la Aguirre, que lo está contando tal cual me ha pasado». Pues claro, chata, que esto es sota, caballo y rey. El Mareador MAREA. A todo bicho viviente. Que se deje, claro.

Lo primero para acabar con esta puta tortura que te va a volver (más) majara es querer acabar con esta puta tortura. Pero de verdad. Vale, quizás el primer paso sería cómo querer acabar con esto. La cosa es tan fácil como extremadamente difícil, vamos allá: recuerda que las relaciones son como una estufa, tú metes leña y recibes calor. Si no notas que te calienta, no metas más leña. La estufa no necesita más leña, la estufa no necesita una leña diferente, la estufa no se va a arreglar, porque, dejémonos de metáforas, el Mareador no es recuperable.

Otra estrategia para acabar con el coñazo del mareo es imaginarte en una peli: tú eres la protagonista y él es el chico. El chico Mareador, se entiende. Enciende la tele y observa el filme desde el principio. Analiza a esa prota desquiciada y plantéate si te gusta o si preferirías coger el toro por los cuernos y empezar a tomar decisiones.

Tercero: quiérete, pero a lo salvaje. Quizás no eres la más guapa, ni la más lista, ni la más de nada, pero desde luego, eres la más tú. Eres gloriosa por existir, y como gloriosa te tiene que tratar el mundo. Todo el mundo. El que no lo entienda: fuera. Caminen. *Ciao,* bacalao.

Vale, ahora que lo tienes clarísimo, llama a tu mejor amiga, queda para tomar un café y dile que es para algo importante. Por aquello de que vaya preparada mentalmente. Vas a bloquearle en WhatsApp, en Facebook, en Instagram, en Twitter y en la vida entera. ¿Necesitas para eso a tu amiga? Pues obviamente, porque, como es normal, no eres capaz de hacerlo sola. Ella está ahí para apoyarte, para darle al botón si tú no tienes lo que hay que tener, para lanzar el móvil por la ventana si es necesario y para iros de karaoke posteriormente, porque las penas cantando a lo Jurado son menos penas.

Ya está bloqueado y tú resacosa. Ahora necesitas, al menos, cuatro amigas de emergencia a las que llamar o mensajear cuando tengas la tentación de llamarle o mensajearle. Digo cuatro porque, si solo es una, va a acabar odiándote y aquí no estamos para perder amiguis, sino Mareadores molestos.

Cada vez que sientas la tentación, cada vez que se te olviden las mil veces que te ha tocado la moral, cada vez que le eches de menos, llamas a Maricarmen, que tiene la obligación de recordarte cuando el innombrable no te contestó durante semanas, cuando su abuela murió por sexta vez y cuando te dijo que le encantabas y luego pues fue que no tanto. «Ay, que es que estaba un poco borrachín, perdona, que no pensaba lo que decía».

Mímate, pero en plan muy bestia. Sustituye todos esos huecos que él llenaba con otros de autoamor: con masajes, con *manipedis*, con salidas con las amigas, con series a tope de buenorros. Córtate el pelo, compra flores, escucha tu música favorita, zámpate un dónut de chocolate, ve a comer a un sitio bien cuqui. Planea tus vacaciones, de Navidad, de verano, de lo que sea, qué más da. El caso es ilusionarte. Baila mucho, haz deporte, ve a yoga.

Ojito, porque estás blandita y es fácil que caigas en la trampa de un nuevo Mareador. Lo de un clavo quita otro clavo, en este caso, no es tan cierto. Las defensas están bajas y los clavos lo intuyen.

Vuelve a ti, pasa el luto, sé feliz.

Pasadas unas semanas, pensarás que ya estás curada. «Ya paso de él, lo juro». Qué bien. Y tendrás la tentación de cotillear sus redes, de desbloquearlo. Total, si no era para tanto esa tristeza horrible que te cerraba el estómago.

ERROR. ERROR. ERROR.

No hay plazo estándar para contactar, así como no hay ninguna necesidad de volver a hacerlo. Si queremos decir algo, dos años y varios polvetes con tíos maravillosos más tarde puedes satisfacer tu curiosidad por el maromo. No antes.

Ahora ya hemos finiquitado el proceso de desintoxicación. Solo queda una cosa: no reincidir. Ya sabes cuáles son las señales, ya sabes que las estufas están para calentar, y ya sabes que te mereces, de lo bueno, lo mejor.

No follas porque no quieres y otras frases de mierda

Has visto el título y has pensado «Hostias, esto va por mí». Sí, amiguis, porque a la que cuentas que no echas un kiki desde las Olimpiadas del 92, siempre hay alguien que te suelta: «Eres muy exigente», «Tienes el listón muy alto» o «Si no fueras tan tiquismiquis…». La mejor de todas es: «No follas porque no quieres». Perdón, me olvidaba de ese colosal «Las tías folláis cuando queréis».

El caso es que muchas veces nuestra observación ante la falta de meneo no es ni siquiera una queja, sino la constatación de un hecho. De verdad, no es necesario echarnos en cara que es por nuestra culpa, básicamente porque aquí nadie tiene la culpa de nada, simplemente cada uno toma sus decisiones y, lamentablemente, algunas de ellas parecen abocarnos a la sequía sexual perpetua.

Como por aquí somos muy de las aclaraciones, de los puntos sobre las íes, he pensado ir respondiendo una por una a esas preciosas frases que escuchamos día sí día también ante nuestras afirmaciones sobre la ausencia de mambo del bueno.

LA EXIGENCIA. EL LISTÓN. TIQUISMIQUIS.

SÍ, soy exigente, coloco el listón donde me da la gana, dado que es este cuerpecito mío el que se tiene que meter en la piltra con quien sea. Y tiquismiquis, o selectiva, o maniática, pues también, como todos los humanos según el criterio de los otros. Porque, obviamente, el baremo a la hora de elegir tus parejas es subjetivo, pero a más no poder. Lo que para mí es gloria, para ti puede ser mierda. Y a la inversa.

PORQUE NO QUIERES.

A ver, no te equivoques: querer, QUIERO. No con cualquiera, no en cualquier sitio, no a todas horas. Pero querer, QUEREMOS.

Ahora vamos a la otra cara de la moneda del «porque no quieres».

¿LAS TÍAS? CUANDO QUERÉIS.

Mira, amiguinchi, esta es fácil. Quiero ahora, quise anteayer en la fiesta de cumple de mi amiga Marina, que fue lo más, y probablemente quiera en algún momento de la semana próxima. Yo venga a chasquear los dedos, a cruzarlos, a rezar. Y oye, que no hay manera. No, esto no es una cuestión de género. Quizás sí sea una cuestión de habilidad o entrega a la causa. No lo sé, la verdad.

CON LA DE PRETENDIENTES QUE TENDRÁS.

Pues mira, NO. O al menos que yo sepa, que para el caso es lo mismo. Si los tengo, son muy silenciosos, muy discretos y muy invisibles. Porque imagino que pretendiente no es el que te grita barbaries por la calle o te intenta meter mano borracho perdido. Si eso es un pretendiente, entonces sí tengo, perdonad mi error. A veces me lío yo sola.

Lo mejor de esto es cuando la frasecita te la suelta uno con el que te encantaría liarte. Eso sí que mola a lo bestia. Tú con cara de gilipollas mientras el bigardo de turno te dice: «Con lo fácil que tú lo tienes y lo guapa que eres», mientras no puedes dejar de imaginarte abalanzándote sobre él. Amiguis, prometo aquí y ahora que al próximo que me la suelte le digo que me solucione el tema en ese mismo momento.

Ya os cuento.

ENROLLARSE CON UN TÍO CASADO Y OTRAS MUERTES LENTAS

Hoy me ha llamado mi amiga Cristina emocionada perdida. Se ha morreado con el tío que le gusta.

—¡Tía, tíaaaaaaaaaaaa, cómo mola morrearse con uno que te gusta de verdad!

—¿A que sí? Mucho más que con uno que encuentras por las calles.

—Que es lo que hago normalmente.

—Exacto.

Hasta aquí todo muy bucólico, amiguis, pero es que ese que te gusta a rabiar, que te mueres, que lo flipas, que es ideal, AYAYAYAYAYAYYYYY, tiene un par de pegas:

- Está casado.

- Trabaja con ella (con mi amiga, no con la mujer).

Yo lo veía venir, porque Cristina me había hablado de este mozo y yo conozco a mis amiguis, que son muy tremendas y muy incontrolables. También porque estas historias tienen siempre el mismo hilo conductor: empiezan con un tonteo inocente, un *jijujija*, que pasa a no ser tan inocente, seguimos con unos comentarios picantes, luego vienen los besitos que son una tontería insignificante y ridícula, y que han pasado solo porque era la fiesta de Navidad de la empresa e íbamos pedo, lo siguiente es una metida de mano furtiva, y la cosa siempre termina con un polvo descomunal.

Y otro.

Y otro.

Y otro.

Y ROMANCE AL CANTO.

Una vez metidos en harina nos encontramos, inevitablemente, con la misma cantinela: que si va a dejar a la mujer, o que parece que no la deja porque ahora mismo no es buen momento (o porque él es así de buena persona, que es una excusa que a mí me alucina especialmente), o que no me importa porque él me quiere, que es que con la otra no fornica desde hace años, lo suyo es costumbre y lo nuestro amor del bueno y BLABLABLABLABLÁ.

Cristina ha hecho lo que tantas otras: meterse en la boca del lobo. Sin paracaídas, sin red y sin casco.

Nada es casualidad y hay millones de tíos en el planeta que no están casados. Habría que preguntarse por qué a Cristina le gusta el Hombre Casado y no otro. No, no me vale que es el más encantador del mundo, que no hay otro como él. Nadie es único, aunque muchos se lo crean. Tampoco me trago ese clásico: «Tranquila, que no, no me cuelgo, no soy tonta».

Ya, amigui, YA.

Le he dicho a Cristina lo que ella ya sabe, porque es muy lista y porque la cosa tampoco es demasiado difícil: «Sal de ahí», «Corre», «Te hará sufrir», «Te arrepentirás», «A todas les pasa lo mismo», «No te metas en ese sarao», «Pues anda que no hay maromos», «Contrólalo ahora que puedes», «Es un tío infiel y lo sabes de antemano», «No vale la pena».

Y luego otra vez. En bucle. A ver si así conseguía grabárselo en el cerebelo o en la materia gris o donde coño se guarden las cosas del querer.

Me he quedado yo pensativa al colgar con Cristinita. Masco la tragedia, y de qué manera. El Hombre Casado se lanzó a morrearla sin cortarse un pelo y lo volverá a hacer y, ay madre mía, lo que tiran unos buenos lengüetazos. Y de la lengua al chirri hay tres palmos escasos.

Poco más puedo hacer para evitar la hecatombe, pero, por si acaso, desde aquí hago un llamamiento a Cristina y a las que andáis como ella: pensad en el después, en todas las que ya han pasado por algo así, en la de lagrimones que se desperdician por no parar a tiempo. Con lo que mola la vida, *¿pa* qué autojodérnosla voluntariamente?

Ahí lo dejo.

El encoñamiento postcoito

Hay fenómenos que llevan ahí toda la vida sin que nadie les haya puesto nombre. Uno de ellos es aquel que se produce cuando, tras acostarte con un tío, te pasas una semana pensando en él, aun sabiendo que aquello fue un aquí te pillo aquí te mato en toda regla.

Y quien dice una semana dice un mes, o más en los casos muy graves.

Y digo tío porque esta es una dolencia que, al menos que yo sepa, afecta solamente a las mujeres.

En estos casos, lo mejor es tener un ramillete de amigas que te recuerden que era solo sexo, que es normal que después de compartir esa intimidad tan íntima te quedes colgadilla un rato, sobre todo si la intimidad ha consistido en una follada del quince. Porque si ya es grave quedarte enganchada a un dios del sexo, lo de encoñarte por un follador mediocre ni te cuento.

Por si no tienes claro si padeces de este mal, te enumero los síntomas:

Sientes por él lo mismo que por aquel novio que tuviste, con el que estuviste cinco años. Cuando digo «sientes» quiero decir «crees que sientes».

Estás convencida de que ha sido el mejor polvo de tu vida, a mucha distancia del segundo mejor polvo de tu vida. (Piensa, seguro que con el último te pasó lo mismo.)

Por ende, crees que MÁS NUNCA tendrás un sexo tan bueno. Porque es el que mejor besa, el que tiene las manos más suaves, la p**** más grande y más bonita.

Llevas una semana calentándoles el tarro a tus amigas con la rememoración del kiki. Basta ya. Contente un poco, por favor.

Aunque los demás te digan que no le conoces, tienes claro que mientras te embestía has averiguado de él todo lo que vale la pena.

Te crees cualquier cosa que te haya dicho, porque, después de hacer el amor (porque eso es lo que habéis hecho; con otras folla, a ti te ha dado amor del bueno), es imposible que te mienta.

No puedes imaginarte con otro. Ni besos, ni metidas de mano. Nada.

Ha sido tan cariñoso, tan amoroso, tan único.

Fantaseas con planes que hacéis juntos: un cine, una cena, unas vacaciones en París, la boda en El Escorial.

Sabes que conectáis, desde el primer momento, como con ningún otro antes JAMÁS.

Ahora que ya sabes si sufres de encoñamiento postcoito, has de ponerle solución lo antes posible: aléjate de amigas que se hayan contagiado, acércate a las que sean realistas, cínicas, esas que te pegan unas hostias de realidad que te dejan nueva. Haz una lista de todos aquellos seres de los que te hayas enamorado en la primera empotrada y luego otra con los que realmente se correspondieron con la idea que te habías hecho de ellos. Diversifica, queda con otros: en la variedad está el gusto.

Y recuerda, amigui: no estás enamorada, estás encoñada.

Tienes que divorciarte, y lo sabes

Ha sido leer el título y te ha venido a la mente esa amiga tuya. ¿Cómo es posible que no se dé cuenta, o que lo haga y siga ahí, atascada en esa relación de mierda? O quizás has pensado: «Hostias, esto va por mí, qué miedito».

Será cosa de la cuarentena: de un tiempo a esta parte, mis coleguis tienen crisis matrimoniales que se solucionan por arte de magia, hasta dos meses después, momento en el que volvemos con la misma cantinela. Y vuelta a empezar. ¿Cuánto tiempo puede aguantar un humano en semejante sinvivir? Ya os lo digo yo: INFINITO.

Las excusas ante tu «Amigui, ¿no crees que deberías separarte?» son SIEMPRE las mismas, a cuál más curiosa:

No estamos TAN mal: esta me revuelve especialmente las tripas. Como si el objetivo último en sus vidas fuera la tristeza pero, eso sí, sin llegar al dolor punzante. Por favor, repasad el significado de *MAL* en el diccionario y, ya de paso, el de *BIEN*. No os comparéis con los que están peor, coño, hacedlo con los que, de verdad, VIVEN. Y es que no sabéis el daño que os estáis haciendo con esa espiral en la que estáis inmersos. En el mejor de los casos, lo descubriréis cuando, en unos años, os separéis por la razón que sea y comprobéis que vuestra autoestima, vuestra ilusión y vuestra vida se han ido a la mierda. NADIE es impermeable al hastío perenne. Insisto: NADIE.

No me separo por los niños: claro, porque a los niños, de todos es sabido, les sienta fenomenal que sus padres se eviten, duerman separados, no se dediquen ni una palabra de cariño. Lo recomiendan todos los que saben mucho de esto.

No te separes, no seas feliz, no estés de buen humor. Eso les va a joder la psique a tus hijos de por vida.

Él (o ella) ha cambiado completamente, para bien: de hecho, Kafka se inspiró en tu pareja para escribir *La metamorfosis*. Uno, con los años, deja de ser quien es y se convierte en otro. QUE NO, HOMBRE, QUE NO: uno, con los años, se vuelve más uno que nunca, para mal y para bien. Pero, oye, que quién soy yo para negar tus palabras. Ya lo harás tú en un par de meses.

Es normal tener alguna crisis: de nuevo, deberíamos repasar el significado de *NORMAL*, para comprobar su diferencia con *COMÚN*. Por supuesto, todos pasamos por malos momentos, pero yo juraría que los cuernos, los gritos, las faltas de respeto y, sobre todo, la ausencia de amor del bueno no constituyen una crisis, sino una señal clara de que tu relación no funciona. Lo que hagas a partir de ahí es cosa tuya.

Me da miedo estar sola/o: créeme, no es lo mismo sentirse solo que estar solo. Tener pareja no es sinónimo de tener compañía. Los buenos amigos sí lo son y, quizás, los estás dejando de lado por un sinsentido absoluto. Un bulto en el sofá, los domingos por la tarde, no es lo que tú quieres.

Y es que lo más importante es ser honesto con uno mismo, pero, tócate las narices, resulta que es también lo más difícil. No engañas a nadie, que lo sepas. Eres cobarde y tienes miedo, PUES CLARO, como todos. La única diferencia entre tú y esos a los que miras desde la barrera, los que decidieron ser libres, es que se lanzaron en picado sobre la vida.

Porque NADA ES TAN GRAVE.

Porque nadie muere por tomar decisiones, por duras que sean.

Porque ser feliz NUNCA es un fracaso (si es que eso existe).

Porque ¿quién dijo que debes quedarte atado a esa persona de por vida (el cura no cuenta)?

Sé que hoy recibiré unos cuantos wasaps que dirán: «Mira que eres cabrona». Ojalá en los de mañana lea: «Por fin, lo hice».

Aquí estaré.

Cuarentonas y veinteañeros: una tendencia que mola (mucho)

No voy a contar nada nuevo, el tener amantes ostensiblemente más jóvenes ya no es territorio exclusivamente masculino. Gloria al cielo, aleluya.

Una noche conoces a un yogurín de veintitantos, guapetón, de carnes apretaditas, mirada cristalina, que rebosa simpatía, y notas que los colmillos superiores se te empiezan a clavar en el labio inferior. Y piensas: «¿Seré tan zorra como para que me ponga este impúber que nació mientras yo hacía la selectividad?». Pues sí, lo eres.

El segundo pensamiento es: «Con todas las impúberes guapetonas, simpáticas y de carnes apretadas que hay por aquí, ¿este yogurín me preferirá a mí?». Pues también.

Y todo encaja como un puzle sideral: a ti te mola su frescura, su alegría, su despreocupación, el entusiasmo por la vida en general y por fornicarte en particular;

y a él le molas tú, aquí y ahora.

Al veinteañero le dan igual tu edad, tus ex, tus traumas, si tienes hijos o si quieres tenerlos, si tu curro es mejor que el suyo (probable, ya que él curra hace seis meses aproximadamente).

El veinteañero te dirá: «Qué guapa estás hoy» o se quedará a dormir sin miedo a que le propongas matrimonio, pero no se ofenderá si le pides que se vaya. No les buscará significados ocultos a tus palabras ni los encerrará en las suyas. No ha aprendido a manipular.

No se aferrará a algo que se ha podrido porque no tiene ese ridículo miedo a quedarse solo para siempre. Y saber que el que tienes al lado (o debajo, o encima) está ahí porque le parece la mejor de sus cientos de opciones es taaaaaaaaaaan afrodisíaco.

Las cuarentonas y los veinteañeros nos encontramos en un precioso limbo en el que:

A los 20 aún no filtran.

A los 40 ya te cansaste de pensar antes de hablar.

A los 20 no se atan a nadie para que les transmita tranquilidad porque estar tranquilos es lo último que quieren.

A los 40 tienes claro que la tranquilidad, o te la das tú misma, o no hay cristo que te la dé.

A los 20 no tienen edad para compromisos.

A los 40 tu compromiso es contigo misma.

A los 20 solo quieren pasarlo bien.

A los 40 ya has tocado fondo, ahora empieza el festival.

A los 20 aún no llevan mochila.

A los 40 la estás vaciando.

A los 20 se enamoran cada día, varias veces.

A los 40 también, sobre todo de ti misma.

Ni que decir tiene que, además, el veinteañero está buenorro de cojones. Que los hay de cuarenta que están estupendos, por supuesto. Pero, ¿cuántos hay que no lo están y eran unos adonis hace veinte años?

La estadística me avala.

Algunos detractores de esta tendencia dirán que al veinteañero le falta experiencia sexual.

Mi experiencia… (Dios quiera que mis padres no me lean): y una mierda.

El veinteañero se ha criado en la era digital, con un sinfín de estímulos para nosotros desconocidos hasta la treintena y, al igual que las generaciones venideras tendrán los pulgares más desarrollados, los veinteañeros actuales han aprendido, no sé muy bien cómo, a fornicar como los ángeles.

En resumen, que me alegra mucho esta tendencia, como cualquier otra que tenga que ver con pasarlo bien, olvidar complejos, eliminar usos sociales absurdos y, sobre todo, darle alegría a este cuerpo, MACARENA.

Me he divorciado, y ahora ¿qué?

Tomar la decisión de separarse no es fácil, pero sí necesaria cuando la balanza lleva tiempo inclinándose hacia el lado equivocado. Que aquí estamos, no para tener pareja, sino para ser felices, sea como sea.

Un buen día te levantas inspirada, o muy harta, o tristísima, o valiente, y ZASCA: adiós vida anterior. Yo de aquí me piro, que estoy hasta el mismísimo. Pero, ay querida, que por bueno que sea el cambio, ese agujero negro que se abre ante ti acojona, pero bien.

Ahora, ¿qué?

Ahora la vida, amigui. O, mejor dicho, tu vida.

Hoy toca redescubrirte, reaprenderte.

Pasa el duelo como es debido. Llora lo que tengas que llorar. Patalea lo que sea necesario, pero recuerda: esto no es un fracaso. Sí lo es quedarte enganchada en una relación que no te conviene. Lo de la pareja para toda la vida se inventó cuando vivíamos cuarenta años, tú vivirás más de cien.

Es el momento de descubrir qué parte de todo eso que ronda por tu coco es tuyo de verdad o es herencia de años de formar parte de un dúo. ¿Me gusta tanto ese restaurante? ¿Quiero ir todos los domingos a pasear a la misma hora, en el mismo parque?

Ahora hay que obligarse a dormir en el centro de la cama, que es toda tuya; decidir qué peli quieres ver sin discutir por el mando, y acostumbrarte a verla sola. Le pillarás el gusto, y de qué manera.

Vas a descubrir nuevas aficiones que nunca hubieras imaginado, porque la persona que tenías al lado no te permitía investigar. O peor, no te lo permitías tú. Ve a clases de baile, de maquillaje, de cerámica, de zumba, de lo que te salga del toto. Deja que te crezcan las alas de nuevo.

Mímate, malcríate, date el gusto. Píntate las uñas, pasa dos horas en la bañera, date un masaje tailandés, bébete una botella de vino del bueno con queso del bueno. Y jamón.

Ahora has de aprender a estar sola y, no solo eso, sino que has de disfrutarlo. ¿Que no es fácil? Pues como nada en esta vida de adultos, pero si otras lo han conseguido, tú también lo harás.

Ahora, quizás, has de compartir la crianza de los niños con alguien que ya no vive en casa. Por el amor de Dios, no te martirices en su ausencia. En algún momento de la vida elegiste a esa persona para que fuera el padre o la madre de las criaturas. Apechuga con eso por más que te joda.

Aprovecha ese delicioso tiempo libre para estudiar los recovecos de lo que eres.

Levántate tarde, cena un Cola-Cao, empótrate en el sofá y zámpate el repertorio completo de Netflix. O sal hasta las tantas y echa un buen kiki. O no. Averigua qué es eso que te apetece, porque llevas tanto tiempo subida a la rueda de hámster materno-marital que ya no tienes claro ni cuál es tu color favorito.

Redibuja tu vida. Vuélvete loqui, pero para bien. Dedícales tiempo a tus amiguis, hártate a quedar para tomar café, para ir al cine, para descojonaros durante horas. El humor nos salva la vida, las amigas ni te cuento.

Ignora los «Ya eres mayorcita» o «No tienes edad para eso». Recuerda que nunca es tarde si la dicha es buena, que quien bien te quiere te hará reír, que no dejes para mañana lo que puedas hacer hoy. Que nadie va a vivir tu vida por ti. Que lo pasado es irrecuperable y que no vas a tirar a la basura ni un minuto más.

Tú ya existías antes de él.

Tíos que desaparecen sin decir ni mu

Las damnificadas se cuentan por miles, probablemente por millones.

Quiero diferenciar este concepto de otro que ya he tratado en varias ocasiones: el de la *resaparación*, que consiste en desaparecer y reaparecer constantemente para marear. El Desaparecido no reaparece.

El Desaparecido, tras un tiempo de relación del tipo que sea (follamigo, Amante Amigo…) desaparece, como su nombre indica. No más llamadas, no más mensajes, no más nada. Un día está y al siguiente no está. Se fue. Se esfumó. ADIÓS *FOREVER*. No busques porque no encontrarás.

Una podría pasar semanas, meses e incluso años intentando desentrañar las razones de la huida, pero es inútil. No perdáis el tiempo, por favor. El primer principio que debemos aplicar en el caso del Hombre que Desaparece (en adelante el HQD) es que no hay motivo para que lo haga. No has hecho nada mal, no se ha enfadado, no está en el hospital. Vamos, que motivo igual hay, pero que tú no lo sabrás jamás de los jamases y en el noventa y nueve por ciento de los casos no tiene nada que ver contigo. No tiene narices o ganas de darte ninguna explicación. Él está en su derecho de ser un desconsiderado de mierda y tú en el tuyo de olvidarte de que existe. Que le den.

Entonces repitamos a coro: «NO PERDEREMOS UN MINUTO EN PENSAR POR QUÉ SE HA PIRADO». Venga, cual mantra, una y otra vez.

El segundo principio es que, sea cual sea la razón, si la hay, la podemos resumir en un «Ha desaparecido porque le sale de los cojones», por lo tanto: NO LLAMES, NO MENSAJEES, NO TE MARTIRICES MÁS. Otro mantra.

Cuando te dé el impulso, llama a tu amiga, a Teletienda, donde sea menos a él. Vete al cine, tira el teléfono por la ventana. Cualquier cosa antes de contactar con el HQD.

No llames, resiste.

Y no es una cuestión de dignidad, es ahorro de tiempo y energía, y sobre todo, que debes asumir que se ha pirado y que por mucho que tú des la matraca la cosa va a seguir así. Concéntrate en olvidarlo, no en intentar que vuelva. Cualquier breve atisbo de contestación por su parte no es más que un último estertor en vuestra relación. Si quiere irse, que se vaya. Pues no tienes tú cosas mejores que hacer que dejarte los pulgares en el móvil.

Importantísimo el tercer principio: elimina al HQD de tus redes sociales, haz el favor. Cuántas amigas tengo dejándose las pupilas y los nervios en los Facebooks, Instagrams, Twitters y demás. No pongas fotos tuyas superideal pensando que le va a dar al me gusta, si lo hace no significa nada. Que no te gusten a ti sus publicaciones. No alargues el martirio. Borra, bloquea, aniquila al HQD.

Y por último, todo en esta vida es práctica. A caminar se aprende caminando, a dibujar se aprende dibujando y a pasar de los HQD se aprende pasando. Empieza cuanto antes. No aceptes recibir menos de lo que tú das. Desaparecer sin decir ni mu es feo, desconsiderado, de mala educación, en según qué casos es una hijoputez y en cualquier caso merecedor del más grande de los pasotismos por tu parte.

De wasaps y otras especies

Era inevitable: la *app* se merece como mínimo un post.

Yo pensaba escribir unas líneas defendiéndola como recurso práctico cuando se usa con criterio y criticándola cuando se abusa de ella con mensajes inútiles o como sucedáneo de encuentros cara a cara, pero cuál es mi sorpresa cuando al googlear para documentarme un poco me encuentro con todo un mundo basado en el ligoteo wasapeador.

Lo que más me llama la atención es el fenómeno denominado relación ficticia creada a base de wasapeo masivo (en adelante RFCBWM, acrónimo acuñado por mí misma). Ojo que la RFCBWM no se da solo en el ligar sino en cualquier tipo de vínculo.

Conoces a alguien un *Saturday night*, cruzas tres frases, le das tu número, al día siguiente te preguntará SIEMPRE LO MISMO; «¿Cómo acabaste la noche?», y zasca, RFCBWM al canto.

A partir de ahí se suceden una serie de procesos interesantes a la par que absurdos. Por solo nombrar unos pocos señalaría:

- Los días y días escribiendo hasta quedarte bizco y esguinzarte los pulgares.
- Los jajajás cuando no tenemos nada mejor que decir.
- El análisis sintáctico, morfológico y sintagmático de los mensajes del Contrincante para desentrañar sus significados ocultos.
- Los pantallazos a las amigas para que vean «lo gracioso que es y las cosas que me dice».

- Los «¿Le contesto?», «¿Qué le digo?», «¿Ahora o luego?» incesantes.
- Los «buenos días», «buenas tardes», «buenas noches» que no has dicho en toda tu vida los dices en una semana de RFCBWM.

Y según lo escribo, me voy poniendo más nerviosita. Creo que este tema me ha pillado un poco mayor. Y decido ponerme mis músicas ochenteras a ver si me acuerdo de cómo se ligaba A.W. (antes del WhatsApp).

Creo recordar que la gente quedaba. Qué tiempos aquellos…

Os conocíais, os dabais el número de fijo o de móvil (dependiendo del siglo). Si eso, os llamabais una o dos veces y luego había encuentro con sus mariposas en el estómago, sus conversaciones, sus risas en directo (sin jajajá), con suerte unos morreítos, y luego te ibas a tu casa emocionada de la vida a esperar el próximo encuentro (o no).

En los casos más intrépidos o si no tenías su número, te dejabas caer por donde salía para verle/la. Vamos, lo que ahora sería una salvajada sin precedente.

Como soy una tía muy seria y me gusta documentarme si no controlo el tema, he metido en Google «ligar» + «WhatsApp», a ver que salía. La madre que me parió, hay todo un mundo.

Hay un espécimen que ha escrito un *ebook* llamado *Cómo conquistar a cualquier mujer por WhatsApp*. Ojito a lo de «cualquier». He encontrado otro que les (a ellos) descubre «qué tres mensajes exactos debes enviar para conseguir citas que se convierten en SEXO y relaciones». Tres. Ni dos ni cuatro. TRES.

Hay también:

- Artículos llamados «Cómo tener labia». (Hostias, y yo convencida de que eso se tenía o no se tenía.)
- Estrategia: qué decir, a qué hora debemos enviar los mensajes y cuánto tardar en contestar. (Y yo que pensaba que esto era como hablar, que si no contestas cuando escuchas al otro eres un maleducado…)
- Cómo crear tensión sexual (lo de tensión ya me pone tensa, claro).
- Cómo crear misterio y ser ambiguo (*pa* morirse).
- Cómo convertirte en un cabroncete juguetón: 1. NUNCA te despidas, 2. Alarga la relación espacio-tiempo, 3. NUNCA te excuses por tardar en contestar. (En cuanto a este energúmeno, voy a conseguir su número y DE VIVA VOZ le diré que es un GILIPOLLAS. Así sin filtros. Luego si quiere se lo escribo también por si se le ha olvidado el lenguaje hablado.)

Llamadme antigua, retrógrada, anormal, pero me resulta flipante que un texto escrito en una caja de plástico genere más relaciones, alegrías, tristezas, ansiedades, etc. que un cara a cara, un polvo o una conversación.

Quiero compartir algunas de las situaciones surrealistas que producen las RFCBWM, y aquí es cuando, leyéndome, empezáis a decir en voz alta: «Joder, igual que a mí», «Sí, como aquella vez», «Qué fuerteeeeeee».

1. Ese ex que durante años reaparece periódicamente y te dice lo guapa que estás en esa foto de Facebook, inicia una RFCBWM que dura semanas. De repente desaparece de la

faz del teléfono y cambia su foto de perfil, que era una palmera caribeña, por otra con su novia nueva.

2. RFCBWM iniciada en sábado de borrachera que, tras semanas de mensajes subidos de tono, finaliza en cita (sexual o no). Dos variantes:

a) Desaparición total comparable a las de Lobatón en sus buenos tiempos.

b) Desaparición parcial, en el peor de los casos, y cada dos semanas aproximadamente. El Contrincante reaparece con mensajes tipo: «Besos, guapa», «Feliz Navidad» (el 24/25 os vais a acordar de mí y lo sabéis), y cuando tú contestas con un educado «¿Cómo estás?», desaparición *again* hasta el siguiente texto, que, por supuesto, no responderá a tu pregunta. Y así hasta el infinito, a no ser que bloquees el contacto ya *jarta* de tanta tontería.

3. RFCBWM que, sin saber cómo, desemboca en frases tales como «Me gustaría saber en qué punto estamos», «Me estoy enamorando» o «Eres la mujer de mi vida». Aquí se pueden dar los apartados a) y b) de los que hablé antes sin ningún problema. También sería coherente bloquearle por majara o psicópata…

4. RFCBWM que se convierte en un mareo susceptible de necesitar Biodramina: y venga escribir y escribir toooooodo el día, tooooooodos los días, y de quedar *ná* de *ná*. Esto suele diluirse con el tiempo tras muchas horas y varias dioptrías perdidas.

Y que conste que uso la *app*. Mucho. Útil para quedar en grupo, para enviar enlaces, para un «ya salgo» o «llego tarde». Pero desde luego prefiero ver, o en el peor de los casos, escuchar la voz de la persona con la que hablo.

Voy a minimizar los textos y voy a aumentar las llamadas y, en la medida que pueda, los encuentros. No quiero relacionarme con una caja de plástico, quiero ver, oír, tocar, besar y abrazar a mis nuevos y viejos amigos, a mis amantes o aspirantes a serlo, a mis padres.

Quiero también verme y oírme a mí misma y no escuchar el pitido de «wasap nuevo» cada cinco segundos (de hecho, hace ya semanas que eliminé el p*** ding dong), con el que se me corta cualquier pensamiento coherente que pueda tener (que no son muchos).

Si quieres hablarme, me llamas. Si quieres verme, quedamos. Si quieres escribirme, fantástico pero con un por qué y un para qué bien hermosos.

Las RFCBWM me han pillado a destiempo. Yo prefiero comer con mi amiga Cristina, ir al teatro con Lidia, desayunar con Alicia, abrazar a Mabel, cenar con Barto, besar a Peri y coger de la mano a Ángel.

Él no quiere novia, tú quieres novio: crónica de un desastre anunciado

No hay peor ciego que el que no quiere ver, ni peor sordo que el que no escucha. Cuántas me escribís contándome que lleváis meses con un chico y que él insiste en que no sois novios. Y vuestra duda, entre llanto y llanto, es si dejarlo o esperar a que cambie de idea.

Vamos a ver, amigui…

Que no lo entiendes, que te duele, que has conocido a sus amigos, a su hermana, a su tía Rita. Que no es solo sexo, que vais a cenar juntos, que te dio la mano en el cine, que te fue a buscar al aeropuerto, que pasasteis un finde en un agroturismo superideal en un pueblo de Toledo. Que cómo puede ser que, después de seis meses, él no lo llame relación y tú solo sueñes con la boda en El Escorial… Pues no lo llama relación porque para él no lo es. Punto pelota. Y ahora viene la parte que menos te gusta: está en su derecho. Y tú en el tuyo de darte media vuelta si lo que quieres es un novio.

Así de fácil. Así de doloroso.

Tendemos a encajar las relaciones en unos moldes hechos a medida de aquellos que nos enseñaron a etiquetar. Nos educaron en la creencia de que, si llevas más de equis tiempo quedando con la misma persona, se convierte en tu pareja. Y os llamáis novios. Y hay un compromiso. Y el compromiso incluye la monogamia y los planes de futuro. Y luego os casáis y tenéis niños. Y de esas creencias a la hecatombe emocional hay dos pasos. O uno.

También hemos crecido pensando (sobre todo las mujeres) que, a base de esperar, de entregar nuestro amor sin mesura, de aguantar (que no puede darme más repelús el verbo), él cambiará de idea y se enamorará hasta las trancas de nosotras. Ay, qué jodido es pensar que podemos controlar las emociones del prójimo. Déjalo ir, querida.

Otra variedad de este sinsentido es esa según la cual estás convencida de que él ya está loquito por tus huesos, pero disimula porque tiene miedo, le asusta el compromiso, muy de macho todo. Y de estereotipos. Aquí también, a base de sacrificio, paciencia y felaciones soberbias conseguirás que se deje de hostias y se entregue al romance.

Pues mira, NO.

Es que estás enamorada, sois perfectos el uno para el otro, es tu media naranja. Tu persona. Y, claro, media naranja hay solo una en la vida, no hay más que observar detenidamente a tu alrededor para comprobar que es un hecho empírico. Eso es tan ridículo como el pensar que tú no eres una naranja entera y que por eso necesitas alguien que te complete, igualito que Amaral y su *Sin ti no soy nada.*

Y aquí voy a lanzar una piedra contra nuestro tejado. Muchos Mareadores quizás no lo sean, quizás te hayan aclarado la situación unas cuantas veces y tú no has escuchado. Y él te sigue llamando, o no, o a veces. Y tú te vuelves *loqui* perdida, porque no sabes lo que quiere. Pues nada, amigui, no quiere nada en particular.

Nos olvidamos de que el hombre, generalizando y con matices, tiene un proceso mental mucho más simple que el nuestro. Le apetece algo, lo hace. Quiere llamarte, te llama.

Pero tu lavadora centrifuga que no es ni medio normal. Y venga los porqués y los para qué. Pues porque sí y para nada en concreto. Energía desperdiciada, kilos de helado de chocolate y noches sin dormir es lo único que vas a conseguir si sigues así.

El fracaso, querida, no consiste en una historia que no llegó al altar, sino en chamuscarte las neuronas preguntándote por qué la vida no es como tú quieres que sea.

Diez errores que comete un infiel descuidado (y *atontao*)

Mi amiga Sandra se ha liado con un tío casado. Sí, queridas, mis íntimas no me hacen ni puñetero caso y se lanzan de cabeza sobre la boca del lobo. El caso es que me contaba una serie de detalles que a mí me dejaban patidifusa, básicamente porque parece que el chaval está deseando que su mujer lo pille. Cuál es mi sorpresa cuando se lo cuento a las coleguis (las virtuales y las reales) y me proporcionan un listado de cagadas que cometen los infieles, día sí, día también.

1. Grabar en el teléfono a la amante con su nombre real: alma de cántaro, ponle nombre de tío o «Mamá». No, no vale grabar solo una letra, canta *La Traviata*. Tampoco nada como «Preciosa», «Mi Amor» o «Chochito dulce».

2. Íntimamente relacionada con la anterior tenemos el hecho de que tu amante, en sus mensajes, te llame cosas como «Cariño», «Corazoncito», «Amor» o «Mi vida».

3. Rizando el rizo. Si grabas a tu amante con su nombre real y te escribe apelativos cariñosos, COÑO, CHAVAL, no le dejes el móvil a tu hijo, porque probablemente acabará gritando «¡Papááááááááááááá!, que Lola dice «Pichoncito, ¿a qué hora eres mío hoy?». Ya te veo diciéndole a tu mujer: «Esto no es lo que parece». Si es que…

4. Guardar en el móvil fotos subidas de tono y mensajes guarros. En serio, ¿POR QUÉ?

5. Volvemos a rizar el rizo, pero esta vez ya en plan tirabuzón doble: que la foto picante en cuestión se suba a la nube

y tu pareja lo reciba a tiempo real mientras está mirando el iPad. TOMA YA, CASTAÑA PILONGA.

6. Mandar, además de wasaps, correos electrónicos y dejarlos bien abiertos, ahí en la pantalla de catorce pulgadas del ordenador, a todo lo que da. Ole tus huevos.

7. Usar la tarjeta de crédito para pagar la habitación del hotel, las putas, el restaurante de una ciudad donde, supuestamente, no estabas ese día. Ni nunca.

8. Equivocarte de persona: ya sea llamándola con otro nombre (curiosamente ese que grita tu hijo cada dos por tres cuando mira tu teléfono), hablándole a una de los sitios en los que has estado con la otra, recordando aquella peli que tu mujer jamás vio…

9. Llamar a tu amante desde el fijo de casa y que luego llegue el facturón con esas preciosas llamadas detalladas TODAS AL MISMO NÚMERO. Sí, este error es muy *vintage*, pero existe. Creedme.

10. No sellar tu coartada. Joder, si le dices a tu pareja que has estado con tu amigo Paco, cuéntaselo a Paco, para que no publique en sus *Instastories* su paseo en barco a la hora a la que debería estar contigo en la oficina, SO ILUMINADO. #RealStory

Y podríamos seguir hasta la eternidad, porque la casuística es TREMEBUNDA, pero mejor me quedo aquí, que ya estoy dando muchas ideas.

TÍNDER: VELOCIDAD Y REBAJAS

El pasado domingo quedé para desayunar con dos amigos. Se acabó el verano, volvemos a la rutina. Los niños ya van al cole. Aleluya. Entre conversaciones sobre el hecho de que la playa está sobrevalorada y de que el año comienza realmente en septiembre, mi amiga comenzó a despotricar sobre Tínder.

Mientras yo asimilaba el hecho de que la reina absoluta durante dos décadas en la modalidad «Ligoteo Asalvajado por los bares de Malasaña» hubiera sucumbido ante los encantos de la tecnología, ella relataba sus sinsabores: que si quieren acostarse conmigo sin tan siquiera charlar, que vaya panda de tíos egoístas en la cama, que cuando cometo el error de contarles por mensaje que soy escritora y profesora de universidad me bloquean *ipso facto*...

Antes de que servidora pudiera reaccionar, el otro integrante, también escritor, dijo extrañado que, cuando él les contaba a ellas cuál era su oficio, todo lo que recibía eran halagos: «Qué listo», «Qué interesante», «Cuéntame más».

Él es usuario de la aplicación desde hace tiempo. Él es de los que quedan, charlan, toman cervezas y, si la cosa se da bien, acaba en revolcón. No necesariamente en la primera cita. Ni en la segunda. En su caso, los problemas llegan cuando ellas quieren más. Ellas, que quieren un novio, se maravillan ante el espécimen que no pretende meterse en sus bragas a los cinco minutos de conocerse. Él no quiere solo sexo, pero tampoco busca pareja. Ellas no lo entienden: desastre que te crió.

Le pregunté a mi amiga por qué estaba en la *app*:

—Pues porque todo el mundo está, porque en los bares es dificilísimo ligar, la gente va a lo suyo y, cuando la noche acaba, bucean en el catálogo y, en cinco minutos, sin necesidad de dos horas de ritual de apareamiento, se llevan el regalito a casa. Es la puerta al mundo de la modernidad, un abanico de posibilidades al alcance de tu mano y de lo que no es tu mano. Un montón ingente de tíos haciendo *surf*, tíos con su perro, tíos en la montaña, tíos en moto. Muchas motos. Muchos músculos. Mucha mentira sobre la edad. No me encanta, pero es lo que hay.

—Ah, vale.

No comprendo, pero tampoco juzgo. Las capas, los sayos.

La cosa está clara: hemos clonado la vida en una pantalla, la hemos multiplicado exponencialmente y nos encontramos con la inmensa ¿ventaja? de contemplar treinta jetos en un minuto, de tontear con diez al mismo tiempo sin que nadie se entere, de poder soltar la mayor ordinariez del mundo escondidos tras la cobardía de una foto falsa y un teléfono de plástico.

Puedes darte media vuelta virtual y desaparecer, sin ponerte colorado, cuando tu interlocutor no es lo suficientemente guapo, vicioso, tonto o listo. Y aún hay quien se extraña ante ciertos movimientos. Los humanos no valoramos lo barato, las prendas de saldo. Y esto es una rebaja continua, sin fecha de finalización. Tengo una hora libre, a ver si fornico. Telepizzas sexuales. Putas gratis.

Es rápido, es fácil, es cómodo. Y engancha. Y luego lo de los baretos se convierte en una cosa muy pesada y muy innecesaria. Atrás quedaron las historias, las sonrisas, las risas, lo inesperado y los SMS que salían a veinticinco céntimos. Había que elegir dónde invertir.

Ahora decides que tu próxima carne de cañón viva en tu barrio. Para qué perder el tiempo cogiendo el metro. Haces *la metralleta*, término que describe la acción de dale *like* a todo bicho viviente. Alguna de las doscientas fotos caerá. Es pura estadística.

Para colmo de males, las intenciones dispares: busco pareja, busco un polvo rápido, necesito conocer gente, me siento solo, le doy rienda suelta a una fantasía que es solo mía y sobre la que me voy a estrellar, porque eso es lo que pasa cuando tu imaginación incluye a alguien que ni conoces. Y además mientes para conseguir tu objetivo, sea el que sea. Nada puede salir bien. O casi nada.

La vagina: tipología y características

Mi amiga Isabel me ha enviado hoy un wasap de emergencia. Ha ocurrido lo imposible: conoció a un tío haciendo de carabina para que otra amiga echara un kiki y el susodicho la ha llamado.

—Caray, Isa, qué bien. Aleluya.

—Sol, es claramente gay. No entiendo nada.

—Nena, ¿y qué más te da, si es para un meneíto?

—Es gay y feíllo. Bueno, a mí no me gusta.

—Ah, pues entonces no.

—Pues no.

Ya es mala suerte, jo. Y es que, aunque me empeño en afirmar que la vida no es complicada, que somos nosotros los que la liamos, pues a veces no sé yo. Hace tres días tuvimos otra charla en la que la prota era servidora:

—Oye, Sol, ¿y aquel de Valladolid que te enviaba mensajes todos los días?

—No sé.

—Sí, mujer, el que durante dos meses te enviaba cuatro mensajes diarios y te felicitó el cumple por WhatsApp, en el muro y por privado en Facebook, y además te llamó.

—Sé quien es, el que me daba los buenos días, las buenas tardes y las buenas noches y moría por mis huesitos. Lo que digo es que ha desaparecido. No sé nada de él.

—¿Por las buenas?

—De un día para otro y sin periodo de adaptación. Si eso es por las buenas, pues sí.

Llevo días dándole vueltas a esto de las dificultades en las relaciones macho-hembra y la única opción que me queda por contemplar es que todo dependa de la tipología de vagina que tengamos. Ya: es raro, es majara, no tiene sentido. Pero, si no es eso, ¿qué coño es?

Un ejemplo de fenómeno paranormal inexplicable se daría cuando una se echa un amante, el susodicho tiene novia y todo va de coña hasta que la deja, momento en el que se acaba vuestro fornicio por siempre jamás. Este sería un caso de *Vagina Complementaria* (sin entidad en sí misma).

Otra variedad aún más tremenda de vagina complementaria es a la inversa, como aquella amiga mía que se tiraba a su *aminovio* de Pascuas a Ramos, y cuando el tío se echa una novia, empieza a cepillársela como si no hubiera un mañana (a mi amiga, claro). *Mí no comprende.*

Luego está lo de Cristina: tío que se tira, tío que se echa novia. Por supuesto, a Cris le dicen que no quieren empezar una relación (porque lo acaban de dejar con otra, porque se van a viajar por el mundo y no quieren atarse, porque no es el momento, blablablá), y al cabo de un mes, dos máximo, novia *forever*. No falla uno, la tía. Ella es la *Vagina Cupido*, sin duda.

Por no hablar de Ana, directora de cine. Todo el que pasa por su cama, o se lleva un Goya, o un Emmy o le premian en Sundance. Este es un caso de *Vagina Agente*. Para ver si ella se lleva algún premio le hemos aconsejado que se masturbe mucho. Ya os contaré cómo le va. De momento tiene el cutis deslumbrante.

El caso de la *Vagina Amistosa* también tiene su qué. Tú que quieres enrollarte con tu ex, él que se resiste. Pero, eso sí, se empeña en que seas su amiga. Te llama compulsivamente para tomar café, para ver qué tal estás... Pero, vamos a ver, ¿no ves que no? Esta variedad va de la mano con la *Vagina Mareada*, que sufre de vaivenes incesantes por recepción de wasaps periódicos que nunca terminarán en cita.

Otra tipología que a mí personalmente me fascina es aquella que sufre una metamorfosis y pasa de ser la *Vagina Supersónica* (dícese de la vagina de habilidades ilimitadas por las que el/los pene/s pierden la cabeza, o en este caso, el glande) a la *Vagina QuiénSabeDónde*, es decir, aquella que ha sido abandonada sin explicación ni contestación alguna vía WhatsApp, privado de Facebook, Twitter y mucho menos llamada telefónica, que es una especie en clara extinción. Está íntimamente relacionada con el *Pene Sitehevistonomeacuerdo* (*y Sitehefollado, pues tampoco*).

Y podría seguir porque la casuística da para mucho, pero me quedo aquí y espero que me ilustréis y me contéis si os sentís identificadas con alguna tipología en concreto o con varias. Y si encima ampliáis el catálogo con nuevas variantes, me encantará.

Besos, queridas *Vagis*.

¿Novio por catálogo? No, gracias

Nunca he entendido la expresión *buscar novio*. Sé lo que es un novio, sé lo que es buscar, pero las dos palabras juntas pierden el sentido totalmente para mí. Será, para empezar, porque yo no quiero tener novio, pero, aunque quisiera, el romance surgiría al conocer a alguien que me revolviera los adentros, no buscando pareja al tuntún.

Acabo de volver de Nueva York y allí este tema ya se eleva a la enésima potencia, como todo por aquellos lares. Los edificios son más altos, las magdalenas pesan tres kilos y lo de ligar es un deporte, un negocio, una obsesión para muchos.

Si ya en la península ibérica me hallo yo confusa ante los Tínderes y demás instrumentos de flirteo, allí ni os cuento. El súmmum de mi flipe llegó cuando mi amiga Susana me contó que su amiga María había contratado un matchtmaker que la ayuda a encontrar candidato para el matrimonio.

—Sí, churri, le cuenta a esta mujer las características de su pareja ideal y ella, que es MUY profesional, le busca citas a cascoporro. Quiere un novio con un buen trabajo, que quiera tener hijos, que sea alto…

A mí me vais a perdonar, pero me sonó a «Quiero un caniche, blanco, de menos de seis meses, con pedigrí impoluto y que esté vacunado».

Por otro lado, la mitad de la población de Manhattan corresponde a esa descripción, pero claro, Susana me dice: «La gente no tiene tiempo para relacionarse porque aquí se curra mucho».

Yo ya me vuelvo muy loqui y me asaltan millones de preguntas: Si no tienen tiempo para conocer a nadie, ¿cómo van a montárselo para tener pareja? ¿Y si, mientras están en plena búsqueda del ejemplar soñado, aparece uno bajito y que gana menos de 120.000 al año y le gusta? ¿Le pega la patada? ¿Si la matchmaker no consigue la pareja ideal, devuelve lo cobrado?

Y sobre todo…, ¿qué cojones es una pareja ideal?

Y entonces pienso en ellos, en sus descripciones de la «novia ideal», que supongo serían algo tipo chica de entre veinticinco y treinta y cinco, de entre 1,65 y 1,75 de altura, ni muy gorda ni muy delgada, sin hijos pero que quiera tenerlos, que no diga muchas palabrotas, que no se enfade a menudo, que sea dulce y femenina, que no salga demasiado, pero que sea sociable. Si le gusta cocinar, pues mejor. En cuanto al tema salario, juraría que no se pronuncian demasiado, quizás para establecer un máximo, pero no un mínimo. No voy a entrar en el porqué.

Vamos, a mí, y a las que sois como yo, ni pagando nos cae una *blind date,* chatas: una tía de cuarenta y cuatro, con dos hijos, que escribe sobre feminismo, penes, amistad y series con tíos buenos, que no va a procrear más ni muerta y que no ha muerto de inanición gracias a la Thermomix.

Está claro, amiguis: NO ESTAMOS EN EL MERCADO.

Gracias a Dios.

Convertirme en una novia por encargo es de las peores cosas que me podría pasar. Yo no sería yo, sino una idea premeditada, un prototipo soñado, un algo que alguien se ha imaginado como la vida impecable, una buena puntuación, el *match* perfecto de una tabla Excel, el diálogo creado por el guion de otro que no soy yo, el cruel asesinato de la improvisación, de la inmensa grandeza de mi imperfección, la meta de un tío que pensó que encajaría en su obra de teatro antes de conocerme, de verme, de tocarme.

No quiero ser el producto de un *casting* ni hacerlos yo, no soportaría ser un estereotipo, corresponder al dibujo exacto de lo que se le ocurrió a alguien un día.

No somos *pizzas*, ni pollos, ni un traje de fiesta. No estamos hechos a medida de nadie. La química no se describe ni se escribe. La vida no es un cuento, es un viaje. Hablamos de personas, no de personajes. Los novios ideales no se buscan y, probablemente, tampoco se encuentran.

Porque encontrar un «espécimen adecuado» es fácil, lo difícil es que su olor te dé ganas de morderle; que cada vez que te toque se te cortocircuite el sistema nervioso; que solo con ver su nombre en la pantalla del teléfono quieras arrancarte las bragas de cuajo; que te mueras de la risa con él; que morree mejor que nadie en el planeta; que sea muy listo, pero no prepotente y que le admires tanto como él a ti; que te descubra canciones, pelis, series maravillosas; que sea hábil en algo en lo que tú eres un desastre, y a la inversa; que lo vuestro sea algo INESPERADO, SALVAJE, ANIMAL.

Que te guste por algo que no eres capaz de explicarle a nadie. Mucho menos a un formulario.

Seamos putas

Estaba yo el sábado que no podía con mi vida. Aun así, salí a cenar algo con mi amiga Candela, bendita sea la hora. Allá que, tras un ceviche muy picante y unos *fingers* de pollo muy grasientos, llega su amiga Ana. Monísima, listísima y simpatiquísima. Y, desde ya mismo, musa de esta que escribe.

Como no puede ser de otra manera, tras hablar brevemente de trabajo y mudanzas, fuimos al tema hombres, que es muy relajante: que si ese de Tínder que no hay manera de quedar con él, que si aquel que según él practicaba sexo tántrico y en verdad era sexo horrible, que uno que al principio se quedaba a dormir y acabó corriendo por el pasillo al terminar, que otro que en seis meses no bajó a lo que viene siendo la entrepierna.

Y allá que, tras un par de *gin-tonics*, Ana, ya embalada y ofendida por el contenido de la conversación, afirma:

—Yo creo que me tendrían que pagar.

—Ah, ¿quieres ser puta? —le pregunto yo sin la más mínima intención de juzgarla, porque aquí que cada una sea todo lo puta que le venga en gana.

—Tía, es que siento que me deben algo. Me follan mal, salen por patas, no contestan mensajes. Me deben algo, pues que me paguen y al menos me compro unos zapatos chulos.

Hostias, qué maravilla.

Porque las penas con unos Jimmy Choo son menos penas. Eso es así.

—Ana, cari, tú no quieres ser puta, lo que quieres es que te indemnicen —le dije yo, haciendo gala de mis conocimientos jurídicos—. No quieres cobrar por tener sexo, sino porque te han ofendido, y eso es muy respetable y muy lógico, además.

Y es que tocar los ovarios sale demasiado barato, señores. El colmo ya es que los wasaps son gratis, y eso ha incrementado el mareo y la tontería hasta unos límites insospechados. Antes, con los SMS a 0,25 nos pensábamos mucho más lo de tontear porque, en un pispás te plantabas en cinco euros. Si tonteabas con cinco al mismo tiempo, eran veinticinco euros. Ni de coña.

Yo propongo lo siguiente: creemos una *app* mediante la cual, ante más de diez mensajes sin quedada cara a cara, la/el mareada/o cobre veinticinco céntimos por cada frase recibida. No evitamos los malos polvos, pero sí los vapuleos. Algo habríamos avanzado.

Y, por otro lado, señores del poder legislativo, deberíamos crear nuevas figuras delictivas en el Código Penal. Igual que existe la omisión del deber de socorro podrían crear la omisión del deber de se corre.

Es decir, que si no me satisfaces porque no te da la gana, MULTA. Otro delito debería ser el de la *resaparición*, que tanto hemos tratado por aquí: que desapareces, pues multa. Que apareces para seguir mareando, multa. Que cancelas citas compulsivamente, multa. Que pretendes que te hagan sexo oral pero tú pasas de corresponder, multa.

Y así un largo etcétera. Lo recaudado iría, en parte a la/el damnificada/o y en parte a la Administración, así podría sufragar los servicios de limpieza de Madrid, que está lleno de mierda que no es normal.

Porque lo peor es la cara de gilipollas que se te queda ante determinados comportamientos y encima pensar que no tenemos derecho a quejarnos. Gentes del mundo, no hace falta firmar ningún documento que nos obligue a ser respetuosos y considerados, así como no necesitamos presentarlo para poder exigir tales conductas.

Así que probablemente Ana tenga razón y ya va siendo hora de pedir un poquito de educación, reclamar consideración, reivindicar derechos no escritos y, en caso de ser necesario, solicitar resarcimiento.

Si eso es ser puta, SEAMOS PUTAS.

LOS INÉDITOS

EL IMPOSIBLE EQUILIBRIO

Llevo días durmiendo mal; de hecho, llevo años durmiendo mal. Yo, que hice la carrera en el turno de tarde para poder sobar mis doce horas de rigor; que pasé inviernos enteros sin ver la luz del sol durante el fin de semana porque llegaba a casa cuando amanecía y me levantaba al anochecer.

Nadie, viéndome entonces, habría vaticinado que, llegados los cuarenta y pico, la Dormidina formaría parte de mi ritual nocturno. Hace una semana decidí abandonar la pastillita. Yo esto lo soluciono a base de yoga, meditación y mucha paciencia. Y mucho sueño, claro.

Sé lo que me provoca este insomnio: la búsqueda incansable del equilibrio. Sí, esto que suena tan zen y de tía sabia, en el fondo, es una mierda supina.

En mi juventud, el equilibrio me importaba un huevo; es más, me sentía equilibrada a más no poder. Yo solo quería salir como las locas, pasármelo lo mejor posible, aprobar para poder seguir saliendo durante todo el verano, reírme con mis amigos sin orden ni concierto. Y poco más. Y nada más.

Ahora oscilo continuamente entre dos extremos, buscando el punto justo en cada aspecto de mi vida, sin llegar nunca a eso que me satisface totalmente. Me debato entre vivir el momento y ser lo suficientemente previsora. Soy madre soltera, soy autónoma. No puedo volverme loca. Más, quiero decir.

Quiero comer sano, hacer deporte, meditar, y al otro lado de ese paisaje de autocuidado maravilloso vislumbro un manojo de proyectos que me ilusionan, de los que dependo económicamente y para los que las horas que tiene el día no bastan. Necesito descansar, pero ver a mis amigos me da la vida. Son mi fuente de alegría y de inspiración. Me encantaría salir los sábados por la noche a bailar, porque bailar me divierte como nada en el mundo. Y cantar en el karaoke. Y yo quiero divertirme, pero agotada no es posible.

Me hace falta estar a solas con mis pensamientos, por más que escuezan a veces. Pero tengo hijos. Y amigos. Y trabajo.

Mis hijos necesitan dedicación e independencia. También precisan de límites, pero hay que escoger las batallas o, de lo contrario, mi casa se convierte en una guerra continua; de hecho, es una guerra continua.

Ansío, cada vez más, una pausa en esta locura que es la maternidad de dos preadolescentes. Pasar tiempo con ellos es lo que tiene que ser, pero lo de soportar las broncas majaras cada noche y durante el fin de semana me quita las ganas de compartir espacio con ellos. Las cenas en familia deberían ser una cosa maravillosa, pero hace tiempo que me rendí porque mi mesa no es una foto de Instagram, sino una convención de chimpancés histéricos.

Cenad vosotros y ya, si eso, luego me zampo yo un yogur tranquilita. Me va a estallar la sesera.

Soy la peor madre del mundo, soy Satanás.

Otra cuestión a equilibrar: consigue el milagro de no cabrearte ante la enésima salida de tiesto y crea momentos mágicos para que los recuerden toda la vida y así les evitas traumas. También tengo miedo: nadie me asegura que todas esas semillas que he intentado plantar durante los últimos años hayan germinado. Disciplina, paciencia, tolerancia a la frustración, empatía, bondad, respeto, esfuerzo, ilusión. Qué será de ellos, qué será de mí.

Quiero orden en mi vida, pero sin llegar a la obsesión, sin desquiciarme ante los platos sucios, porque también quiero descansar y leer y tocar el sofá de vez en cuando. Sentirme guapa sin pasar horas ante el espejo, porque eso me aburre tremendamente y porque, de nuevo, nadie va a regalarle horas a mi jornada. Ahorrar y no sentirme culpable cuando gasto el dinero en algo que no es imprescindible, aunque quién decide lo que es estrictamente necesario.

Quizás dormir sí lo sea.

Deseos equivocados

Veía hace unos días el vídeo en el que Maluma rompía a llorar al contemplar su nuevo avión privado. Algunos le criticaron. ¿Su mayor deseo era tener un avión cuando hay gente que muere de hambre? No voy a entrar. Si no fuera por sus letras machistas y el despliegue de horterada, podríamos llegar a pensar que su emoción es por los sueños cumplidos en general, y no por lo del aeroplano, que siempre queda como muy superficial y muy excesivo.

El caso es que el buenorro lloroso me hizo reflexionar sobre todos esos deseos que formulamos sin tener ni puñetera idea de cuál es el mecanismo que los provoca, abocándonos a unos hostiones vitales de lo más llamativos.

El deseo de tener pareja es uno de ellos, más cuando uno se lanza sobre cualquiera sin cerciorarse de que ese enamoramiento majara no es producto de una carencia o de una idealización rollo Disney. Proyectamos sobre el de enfrente tantos de nuestros asuntos pendientes que la realidad queda oculta. Para nosotros, claro, porque nuestro entorno lo ve clarinete. Un buen día, la oxitocina desaparece para mostrarte tu error. Hostias que esto no es lo que yo me pensaba. Básicamente porque no lo pensaste. El típico clavo ardiendo. Ahora a ver cómo sales de ahí. Tú deseabas esa peli en el sofá los domingos por la tarde, el dormir abrazaditos, unos findes fornicando en cualquier casa rural de Toledo. Pero la vida no es eso, sino coincidir en valores, ser cómplices. Admirar a la otra persona y que sea recíproco. Que te vea de verdad, que no seas fruto de una necesidad que no supo colmar de la manera adecuada. Calcetines sucios, algún ronquido, la tapa del inodoro levantada. Amor del bueno.

Si bien lo de la pareja tiene solución, lo de la maternidad es harina de otro costal. Yo quiero ser madre y punto. Porque es bonito. Porque es la felicidad. Verdades absolutas. Da igual si alguna amiga que ya ha pasado por el trance te avisa de que no es oro todo lo que reluce. Lo de ser madre es lo mío. Hasta que lo eres. Y, ay la hostia, que esto es una barbaridad de dimensiones catastróficas y de aquí sí que no me escapo. Puedes mudarte de ciudad, cambiar de trabajo e, incluso, de sexo. Madre eres para el resto de tus días. Ojito.

Una carrera profesional de éxito es lo deseable. Está clarísimo. Solo que no está clarísimo. Porque nadie se ha dedicado a definir lo que es el éxito y, si lo han hecho, ha sido bajo criterios subjetivos, como es normal. Para unos ganar un pastón, viajar en primera y llevar traje de chaqueta será lo más de lo más. Para otros, currar de ocho a tres sin demasiado estrés. Algunos incautos pretenderán levantarse cada mañana con la ilusión de hacer de este un mundo mejor, ya sea en la selva del Amazonas, en un colegio de Chamberí o en un quirófano. O escribiendo. La catástrofe se produce cuando no nos preguntamos de qué manera queremos vivir. Nosotros. No nuestros padres ni nuestros amigos. Despojándonos de creencias limitantes. Sin miedos. Con la firme convicción de que somos capaces de convertir nuestros sueños en realidades. Nuestros sueños en nuestras realidades.

Los humanos, todos, somos como quesos de gruyer, con huecos ansiosos de ser rellenados. Y tendemos a buscar fuera la masa para hacerlo, cuando la única solución anda por aquí dentro. Lo malo de los deseos es que tienden a cumplirse. Asegurémonos de que, al menos, sean los correctos.

Aprendámonos

En la época de la Ilustración, estaban convencidos de que el pensamiento podía cambiar el mundo. No es ningún secreto: la ignorancia nos convierte en esclavos de otros; la educación, en cambio, nos hace libres. Solo en libertad podemos vivir con alegría.

La conclusión es fácil: aprende mucho y serás feliz.

Por un lado, las decisiones hacen de nuestra vida aquello que queremos que sea. Solo podemos decidir si tenemos ante nosotros múltiples opciones. Y conoceremos múltiples opciones si nos empapamos en sabiduría, tanto de lo que hay por el mundo como de lo que habita en nosotros. Es imposible entender lo de fuera si no manejamos el engranaje de las emociones. La realidad, sin gestión, se convierte en algo sesgado. La cueva de Platón en su máxima expresión.

Nos pasamos la vida estudiando historias de cuando nuestros tatarabuelos no habían nacido, cosa que está muy bien. Somos consecuencia de todos lo que han vivido antes, pero no debemos ignorar el tiempo en que estamos, este en el que existimos. Aprendemos con la emoción, y no hay nada más fácil que emocionarse con el presente, con lo que se manifiesta ante nosotros.

Cultivemos nuestra capacidad de admiración y sorpresa ante lo que nos rodea, que Beethoven estaba muy bien, pero Bruno Mars no tiene desperdicio. Andemos por la vida hambrientos de ver, de escuchar, de sentir. No sigamos a la masa, a los gafapastas, a esos que disfrutan metiéndose en cajones que otros fabricaron para ellos y a los que les encanta encajonar a otros. Qué pesados, dejadnos en paz, que vamos por libre. Porque sabemos. Sabemos mucho. Sabemos lo nuestro.

Observemos sin tregua para elegir cuál es nuestro gusto y, una vez identificado, empachémonos y luego volvamos a empezar. Dejemos la contención y la seriedad para otros. No hay límite en esto de la curiosidad y, hoy en día, tampoco lo hay a la hora de satisfacerla. Pasamos muchas horas al día sentados frente una ventana al mundo. Podemos hablar gratis con personas que viven al otro lado del planeta, comprobar qué temperatura hay ahora mismo en Seattle, saber en dos segundos cuál es el peso medio de un puma.

Exposiciones, conciertos, libros, viajes, gente nueva, autoconocimiento. Concentrémonos en lo que nos rodea sin perdernos de vista. Aprendámonos.

Epílogo

Diría que mi aventura en esto de escribir empezó por casualidad, pero ya sabemos que eso no existe. La pregunta adecuada, en el momento adecuado. ¿Qué era aquello que te apasionaba de pequeña, para lo que tenías talento y que, un día, dejaste de hacer? Y de la respuesta a la creación de mi blog «Las claves de Sol»; a mi primera novela, *Algún día no es un día de la semana*, que tantísimas alegrías me ha dado; a mi sueño de ser columnista cumplido en El Español; a mis talleres de escritura, de marca personal; a convertirme en *coach* para así ayudar a muchas mujeres a estar donde se merecen; a la tribu de tías maravillosas que me acompañan y me indican cuál es el camino correcto, este que caminamos juntas, texto tras texto.

Nunca imaginé que algo en apariencia tan sencillo como recopilar artículos ya escritos pudiera resultar tan tremendamente emocionante y revelador.

Estas semanas dedicadas a copiar y pegar textos, a editarlos, a buscar en qué fechas los escribí y recordar quién era yo en aquel momento, de qué estaban hechos mis entresijos y comprobar cómo ha cambiado mi vida desde entonces, me han enseñado mucho sobre mí y sobre el material del que están hechos los sueños.

La confianza en una misma es la chispa con la que todo empieza. Si otros lo han conseguido, yo lo voy a lograr, que nadie se atreva a decirnos lo contrario. Nuestras alas crecen a medida que nuestros objetivos se van cumpliendo. Cuando descubres dónde habita tu eje, ya no hay marcha atrás. Te has aprendido: sabes desde dónde vivir, respirar y escribir. Arrearles una patada a las interferencias se convierte en una necesidad. Nada me va a apartar de la felicidad ahora que la he conocido.

La pasión por aquello a lo que te dedicas, la ilusión y el rodearte de personas inspiradoras son ingredientes indispensables para emprender el vuelo. Y es que mirar el cielo está muy bien, pero nosotras preferimos tocarlo.

Hagámoslo.

LOS DE DENTRO

Las primeras veces	Las claves de Sol 19/06/2015
Quién eres	El Español 28 junio, 2019
Todo es mentira.	Las claves de Sol 31/03/2019
El amor, Barcelona, las chimeneas.	Las claves de Sol 18/09/2019
¿Qué es el cáncer?	El Español 12 abril, 2019
Sant Jordi: un olor y un sabor	El Español 26.04.2019
No quiero ser mayor	Las claves de Sol 17/04/2016
Bailemos	Las claves de Sol 05/08/2019
Lo importante de la vida es comer sobrasada.	Las claves de Sol 22/05/2018
El miedo al cambio: una mierda gigantesca.	Las claves de Sol 26/05/2019
Gracias, Campofrío	El Español 21.12.2018
Valientes	El Español 12.07.2019
El sentido del amor	El Español 02.08.2019
La vuelta al cole	El Español 07.09.2018
Qué quiero ser de mayor si ya soy mayor	Las claves de Sol 16/06/2019
Este es un buen momento	Las claves de Sol 01/07/2019
Hablémonos	Las claves de Sol 07/07/2019
Cosas que he aprendido	Las claves de Sol 22/07/2019
No es cuestión de suerte, sino de ovarios.	Las claves de Sol 24/08/2019
Seamos divertidos	Las claves de Sol 01/09/2019

Queremos más Punsets	El Español 24.05.2019
Veinte deseos	Las claves de Sol 28/11/2018
La maternidad: paraíso o infierno	El Español 12.10.2018
Ruavieja: no somos eternos	El Español 23.11.2018
La rapsodia de Freddie	El Español 07.12.2018
No me toques los telómeros	El Español 14.12.2018
Elijo susto	El Español 04.01.2019
Glenn Close: existamos	El Español 11.01.2019
Recortando alas	El Español 25.01.2019
Mil deseos	Las claves de Sol 31/12/2018
Nos basta	Las claves de Sol 07/04/2019
Sobre pellizcos en el alma, inspiración y Milena Busquets.	Las claves de Sol 02/06/2019
Lugares sagrados	Las claves de Sol 13/01/2017
Somos Fabulosas	68 (todos los que siguen son de Las claves de Sol)
Cómo autoquererse: guía práctica	29/10/2018
¿La Fabulosa nace o se hace?	12/06/2017
¿En qué piensan las mujeres?	10/10/2016
Solteras, monoparentales, parejas sin hijos y otros bichos extraterrestres	18/07/2018
Feliz cumpleaños, querida yo	25/02/2018
Carta a mi yo del futuro	19/07/2017
Lo que nos jode a las mujeres	15/11/2018
Ayer salí a cenar y hoy no puedo con mi vida	04/10/2016
Diez señales inequívocas de que te has convertido en una señora	24/07/2017
El arte de rascarse el toto	30/10/2017
Supermujeres, supermadres y otras criaturas extraterrestres	18/02/2018
Doce cosas que, a mis cuarenta y cinco, tengo clarísimas.	22/11/2017

Otras siete cosas que a, mis cuarenta y cinco, tengo clarísimas 25/03/2018
Cosas que, a mis cuarenta y cinco, tengo clarísimas (parte 3) 08/01/2019
Sobre problemas fabulosos 14/04/2019
Los lunes de Sol 07/12/2015
Siete especímenes que encontrarás en tu gimnasio 10/12/2017
Vender bragas sucias: otra manera de llegar a fin de mes 15/05/2019
Cómo acabar con el síndrome de la impostora 27/01/2019
El sutil arte de mandar a la mierda 06/09/2019
Descárgate, mujer 07/03/2019
Oda al creador de los campamentos de verano 30/07/2018
Nueve cosas que solo entendemos las madres 11/08/2018
La paz maternal y otros fenómenos paranormales 08/11/2017
The happy end: historia de un masaje 11/09/2016
Se me ha muerto el chirri 05/05/2018
Seis ventajas del celibato (o sea, de no comerte un *torrao*) 16/04/2018
1986: el año del último morreo 08/12/2014
SOBRE RELACIONES Y TAL
(Todos de Las claves de Sol menos uno, que va señalado)
Deja de marearme, chaval 15/02/2017
El Mareador: tipologías y características 19/09/2016
El Mareador Sin Piedad regresa por Navidad 31/12/2017
El autoamor como antídoto frente a las relaciones tóxicas 19/06/2018
Cómo despedirse del Mareador de una vez por todas: caso práctico 28/09/2018
No follas porque no quieres y otras frases de mierda 13/11/2017
Enrollarse con un tío casado y otras muertes lentas 09/12/2017
El encoñamiento postcoito 25/08/2015
Tienes que divorciarte, y lo sabes 21/05/2017
Cuarentonas y veinteañeros: una tendencia que mola (mucho) 24/08/2015

Me he divorciado, y ahora ¿qué?	20/08/2017
Tíos que desaparecen sin decir ni mu	07/03/2016
De WhatsApp y otras especies	17/04/2016
Él no quiero novia, tú quieres novio: crónica de un desastre anunciado	04/10/2018
Diez errores que comete un infiel descuidado (y *atontao*)	29/12/2017
Tínder: velocidad y rebajas	El Español 13.09.2019
La vagina: tipología y características	26/03/2015
¿Novio por catálogo? No, gracias	11/08/2017
Seamos putas	03/10/2016